以誠交心

人際交攘紛紜中，何妨誠心正意，即使難能全面，也可片面交心傾談，換個角度也換個心情，境隨心轉，柳暗花明，豁然又一村。

任安蓀・著

雁鵝之家

放手

成雙

True Happiness
is like the
Butterfly
The more you Pursue it,
the more it will Elude you,
But if you are Patient and Still,
it will come softly and
Land on your Shoulders

快樂匾額

交心

金燦秋季

星期日的冬晨

天雪好個冬

溫暖情真見餘韻

吳玲瑤

最初，我是從文章裡認識任安蓀的，常在海內外各報章雜誌上讀到她的文章。第一次見面卻是多年後，溫哥華海外女作家年會上，她靜靜的坐在一旁，甜美親切的微笑淡淡綻開，說話輕聲細語，皮膚白皙五官細緻，溫文儒雅氣質出眾，看起來很年輕，給人留下美好的印象，短暫相逢，在彼此心靈深處點上溫暖的光。

後來我們又有多次見面機會，最令我驚奇的是二〇〇九年六月，我接受婦女會之邀到芝加哥演講，她特地和先生從密西根開了兩個半小時的車來參加，從台上看她，依然年輕美麗，笑得開心笑得燦爛，她說這一趟芝城之行因為快樂因為幽默，覺得每一分鐘都很值得，我則深深為這份情誼所感動。

恭喜她又將出新書，讓我先睹為快，讀她的書是一種享受，她不止於纖情婉約，善於經營小而美的作品，其中有回憶，有前瞻，從前的點滴，屬於過往遙遠的美麗與愁悵，藉由充滿感情之筆，款款鋪陳娓娓道來。身在異國，她能以宏觀的角度看世界，有著作家特有的敏感，能在於看似平淡、瑣碎的生活中，感知生命的律動，現實生活中一點也不稀奇的事，在她筆下化為精靈，一篇篇通達完整，結構井然，綻發出多樣化的層次，以準確的意象切入平凡的生活，自紛雜的日子中蒸餾出生命的吉光片羽，毫末之中見大千。

浪漫的人寫詩，真誠的人寫散文，從文章裡可以看出她是一個溫柔的妻子，盡職快樂的母親，和教授先生一起愛護學生的師母，幸福感洋溢，如她篇章的命名《以誠交心》，待人接物她就是誠誠懇懇。在繁忙的生活中，她攝影、她寫程式、她教書讀書，她更不能忘情於寫作，總是默默的寫著，一步一步踏實地寫著。寫作不僅舒解異鄉的孤寂，也滿足思親懷鄉之念，由一篇篇溫暖情真的文章，散葉開枝成為美麗的心靈風景。

這些年來也累積相當的知名度，她當選過台東女中傑出校友，著作回饋高中母校學妹當課外讀物，以助益寫作和增長對北美生活的見聞，開闊國際視野，為「國際觀」開啟了另一扇窗。東吳大學念書時也是用功乖巧的好學生，曾經得過斐陶斐榮譽學會的獎學金。中文系科班出生的她，不寫張牙舞爪炫耀博學多聞的理論，不用僻詞典故讓讀者的腦子糾葛，看到的不是文字堆砌出來的亭台樓閣，而是隨著文字散逸出來的感覺和餘韻，一如她恬淡靜好的散文，從風花雪月到身邊瑣事、心靈雜感、生活談片，寫台灣的陳年往事，兒時記趣，成長的痕跡、歲月的遺澤，都是我們共同的記憶。

城市往往因作家成了某種地標和象徵，安蓀出國後生活的城市比別人都多，從內布拉斯加林肯市，到加拿大蒙特婁，又到卡格力市，再回美國密西根州，看得多感懷深，她擅於比較中西文化的差異，〈魚尾紋與烏鴉爪〉，〈眼看心思，東西有別〉，〈當西方遊學中國〉，〈中西人情味不同〉都有詼諧有趣的見解。

她喜歡幽默，有點頑皮，處處尋找生活品味與樂趣，冬天在雪地裡走，像小頑童一樣，回顧自己的腳印，說是：「天地間一場，以靴代筆，以雪地為畫布，為我獨享的痛快。」在〈中文有此一說〉中談家中ABC說中文的笑話，回憶糖廠兒時生活，特別難忘一位喜歡逗鬧小孩，滑稽幽默的鄰居。

親情與愛是永遠不會過時的主題，她擅長寫情，處處流露豐腴的溫情，夾議夾敘，清新淡雅，流暢雅潔。寫孩子回家過節，「每回歸巢的聚會，都是踏實的欣喜記憶，也讓親情的延續，因不斷相聚，分別，再聚而豐盛，讓回憶成為別後偶然飄上心頭的溫馨」，幽默地寫孩子給她的鑽戒屬於珠寶店託管級，「早在二十多年前，他已為我戴上，永遠在心底閃亮生輝。戴上的是當時那份溫柔孺稚的心意，母親的心，含受子女的表白，總是很容易滿足的，至少，對我恆真。」寫回鄉看望高齡父親，相信「愛，是會流傳的，表達謝意的愛，也是可以代代傳承流轉的。」

安蓀以智慧溫馨之筆寫旅居海外的所見所聞遊子情懷，分享她的喜悅與哀愁，我在她文章中讀到平常中含蘊至理，在平淡裡有不平凡，清淡樸實中見出秀麗，忍不住要分享更多人。

這般心情（自序）

任安蓀

自第一本書《北美情長》以後，陸續又寫了近八年的散文，八年，不算短的歲月，這期間，子女自立，親長老凋，心情的體驗與淬煉，真不知凡幾，箇中況味，有時的確有「欲語還休，卻道天涼好個秋」的感受！重讀這一路行來的作品，驚覺不論心態、文路、筆觸，都有了轉變，行進中年以後，改變應屬自然，在更多轉變來到之前，且將過往筆耕，編排分類，彙集成書，以此忝為個人寫作的另一個里程碑。

年輕時，勇氣十足，從也沒料到在北美生、養、育、子女，竟會是遠離親友、離鄉背井的第一代學生移民，除了語言、課業、工作之外，另一項極負重任的挑戰。交相夾繞於兩種不同文化間，努力學習折衷合宜的父母之道，生活緊湊地忙轉，直到子女長成，先後離家求學並就業，忽忽然，晉升空巢族，大氣稍喘，正可過點想像的輕鬆日子，卻又面臨返顧高堂父母老去的夕陽沉重歲月，另方面，離巢子女的校園學涯、情關轉折、乃至畢業後，大環境的職場變化，在在都是繼生養育之後，有形、無形「父母心」惦掛本色的另一段接力。所幸磨損了或多或少的中年身體，台、美間的往返探候，對老、對少的護上顧下，體力尚可擔待，否則身居異域，心底的「愧疚難安」，與不便遠行的老父母的「寂寥落寞」，永遠恆成正比。

如此的空巢心情，承續兩代親情，也仍學著自尋也自得其樂，種種的繽紛，交替演成陰晴起伏又百味雜陳的平常生活，切實領悟了「人生有太多的可能又沒有一定的準則」、「沒有絕對的對或錯，不同角度、不同看法而已」、「群體裡，不刻意突顯自己，平和共處的和善可貴」、「很難求全求美、但求盡心盡力」……，環顧發生在周邊友朋的諸事，多的是「身不由己」，幸福、健康便是其中兩樁，而中年較廣的人際，有時一日數起音訊，使得情緒大受波動，想多了便難成眠，想自自然好好一覺到天亮，就是「身不由己」中的一件事！

身處上下兩代的我輩，三代各有各的心情，卻也仍以「體諒、寬容」做為相處的良方。三代的轉折，留跡書中，而全書跳脫時序的扞格，但依內容、文體分七輯收錄，秉持誠心正意，與讀者交心剝談，或能有所交集，或能有所共鳴，希望都是懇直交流的會心之嘆！

感謝玲瑤的推薦秀威出版並且義氣寫序，世玲的費心聯繫編輯，身在海外，戀戀鄉土之親的選在台北出書，也應是遊子心底長久不變的「親切」吧！

目次

◈輯三　昔日春風

◈輯四　親密情長

◈輯五　華年生活

◈輯六　浮生短歌

◈輯七　如斯心情

輯一

曾經緣會

雁鵝之家

座落在密西根州卡城的密倫公園，今年春末夏初，最常見到的景象是，許多野雁家族，一家一家、不曾歸錯隊，由特屬的父母雁帶領行走覓食。

每日清晨固定的公園慢走，讓我對必見的野雁，有著類似老友般的親切感。根據我或近或遠的觀察，父母雁對走近的人類並不懼怕、也不逃離，但若有跡象，想闖近雁家似將冒犯小雁，父母雁定然昂首嘶哈有聲、非常警覺地護雛。全家成員固定，共進出又同相守，有父母雁當守護神的子雁真像寶，天塌了、壞傢伙來了，自有可依賴、可信服的父母擋著，絨毛小雁，只管學走路、覓食、泅游、長羽毛、梳理羽身，逍遙又自在，真個是享不盡的無憂幼年歲月。

有意思的是，這一家野雁，父母雁有三位：兩隻黑長頸黑白面的加拿大野雁和一隻羽色摻雜灰黑的大白鵝，而五隻尾羽已現、翅翼未全、但羽毛漸豐的子雁中，有一隻是灰白頭的小白鵝。國外環境，一向看慣混合族裔的家庭組合，下一代的多元化又綜合化，懷擁雙方族裔的天賦稟性，表現得青出於藍甚且還勝於藍的例子，比比皆是，只沒料到禽類中的雁、鵝也會演成一家親！

這雁鵝之家，三大五小，融洽共處，不禁聯想到有類於「醜小鴨變天鵝」心態認同的切實問題，只不知，一起長大的子雁們，一朝左右翼翅長成學飛時，小灰白鵝可也有能耐、有稟賦，能夠雁行有序的加入同伴作長程遠飛？

〈原載二〇〇七・八・六《中華日報》〉

放手

崔弗斯城（Traverse City）位居密西根州北部，西臨密西根湖，沿湖的湖濱公園道旁，有一座意象雙關的雕塑，這座父親扶兒子騎自行車的塑像，底座的金屬銅面上，鐫刻有「Time to let go」——放手的時候。

老子對小子自有與生俱來的期待與信心，輪到讓他獨立闖蕩時，便應伺機「放手」不猶豫。要不，小子如何自行遊歷去？

言真意切，但非易事，卻又無可避免。

當子女長成獨立的時候，父母也伴走到該放手的時刻，含笑給予鼓勵和祝福，應是最佳風範與餽贈。

母親育有七名子女，根據她個人的「名言」：「子女婚嫁後，全交給他們的另一半照顧，沒我的事了。」那麼，「放手」天秤的兩端，便是好不輕鬆的中晚年母親，以及，好不海闊天空的成年子女！

〈原載二〇〇七・五・十《世界日報》〉

成雙

好一雙紅艷！喜色歡然，似乎就長在鄰家，卻開在芝加哥北郊的林肯公園花徑。

真巧啊！

花開能並蒂，是緣；

綻放相約似的同個時分，良緣；

恰好從同一籬格伸出舒放，妙緣；

共擁白籬、綠葉、藤蔓陪伴的悅目色彩相襯，巧緣；

碰上我這個過客，又正好帶有相機，食指輕按，從此花顏長駐不凋地進了我的電腦檔案，豈不全是偶然的絕妙巧緣？

年輕時，曾經有位師長這麼為大夥兒比喻碰來對去、總也希望覓得良緣、儷影成雙的「知青」：尋遇「佳偶」，有如單獨走逛夜市（那個時代尚無信用卡），口袋沒錢，也沒看上任何「心動」，不就算了？沒錢卻看上動心美物，那就只有乾瞪眼、看別人買的分！

袋裡有錢，但沒看上任何寶物，那也罷了，好不容易看上眼，錢卻不夠，跑回去拿錢，貨已讓他人捷足先登、早買走了！

必也口袋正好有錢、能看得上眼、並且錢又足夠，心裡一樂，當下出手買得，物我結成緣啦！記得當時聽得一愣一愣的，只沒想到外表莊嚴，為我們傳道、授業的未婚師長，解起「姻緣」惑來，似乎也很有些道理。

當然，伴侶不同於物品，凡人都會有喜怒哀樂，有時還有難以捉摸的情緒變化，而且兩人更得要兩相情願，才能走在一起，但師長的寓意明顯，主觀因素之外，「時機」很重要。

在不對的時候，不論遇或沒遇上對的人，當時都不會開花結果；在對的時候，沒遇上對的人（包括低於或高於眼緣），容易空留悵惘回憶；只有在對的時候，碰巧能遇上對眼、並且各方面都比較匹配的人，不論是新知或舊識，緣分來到，天涯海角，一旦碰上，有如釘子吸進磁鐵，想打散都不容易！

以上該算是年輕求偶期的常態吧，若以"two peas in the same pod"來做為屬同一類型的佳偶註腳，那麼，能遇上相似相近得如同同一豆莢裡的兩顆豌豆仁般的合拍搭擋，真是可遇不可求的機運巧緣！一般而言，成熟、獨立的單身族，懂得充實自我，本身條件足夠，進入婚嫁的適當年齡，且把「害羞」藏好，走向人群交誼，也許就在單身占多數的某個場合、校園的聯誼活動、朋友的烤肉派對、親友的好意製造機會等等，碰碰對對，遲早會遇上姻緣成了雙！至於伴偶姻緣是否能長長久久，那就脫離了本文焦點，屬於「成雙」後的另一章了。

〈原載二〇〇八・十二・三十一《中華日報》〉

快樂匾額

重遊尼加拉瓜瀑布，順訪了「蝴蝶園」。瀏覽到禮品部門時，一面赤褐色橡木，以金字鍍刻的匾額，吸引我停步細讀，原文是這麼寫的：

True Happiness is like the Butterfly. The more you Pursue it, the more it will Elude you, But if you are Patient and Still, it will come softly and Land on your Shoulders.

翻譯成中文，便是：真正的快樂，有如蝴蝶，你越是追捕，牠越是逃避。如果你安靜、耐心以待，牠又會輕巧飛停上你的肩頭。

果然。

漫步蝴蝶園，駐足觀賞眾蝶兒穿花翩翩飛舞的當時，偶會有一、二隻停棲在我身上不離去，那「不求而來」的片刻，有驚訝、也有喜悅，不禁小小的樂了一下！等我拿著相機，特想捕捉彩蝶芳蹤，卻見牠飄忽不定，越追越不肯停歇，只好作罷。匾額指說的「你越追捕，牠越飛逃」——刻意追逐，反而不得，真給說中了。

這豈不有幾分像古典式、互相有意的年輕男女，在剛開始追繞階段的心態？相互忙著猜謎、妄加揣測，一方陣仗緊密，另方則如小鹿亂撞地驚而迴避；若鬆緩不邀約，那廂卻又忐忑思念，或明或暗，前來試探，表現的不在意，反收了「欲擒故縱」的效果！

然而，一如匾額所述，真正的快樂，果真可以垂手靜待而得？

也許有些不經意、無所求、夠運氣、自在自如、挺輕鬆式的快樂，比如邂逅、中獎、出門遇有好天氣、碰上「物超所值」的交易……，打從心底，由不得會快樂；卻也有不少真正的快樂，是需要下苦功、多努力、按部就班地日積月累、勤勤懇懇，方才辛苦獲得。比如研發出專利、專心學練車，考得駕照、苦讀熬得高學位、花費心血栽培，贏得大豐收、愛情長跑，修成正果……，目標完成，達到目的，有如站上高峰的釋了重負式的快樂，那片刻，不也是心底真正的快樂？

想來這塊蝴蝶匾額所陳述的旨意，應該和「萬物靜觀皆自得」的樂趣，相去不遠吧！因靜觀而淡定而自在而自得，以輕鬆恬然的心境，欣賞周遭美好事物，就像蝴蝶般，快樂就在不經意中，翩然憩息身上矣！

和多數人一樣，多少也曾經刻意追逐過世俗物質標準所謂「成功」的一切，然後呢？忽忽然，轉身又欣賞並試著過起簡單的生活、質樸地返璞歸真起來。忙過一大圈，又回到原定點，換得了年華老大，但年歲虛長有一項好處，便是耐性似乎也漸隨著逐步增長，而快樂，源於心態，願以不卑不亢的心平氣和、不貪不求的平心靜氣自勉，凡事耐心地順其自然，一種簡單的安詳，未嘗不是真正的快樂。

〈原載二〇〇八・九・二十五《中華日報》〉

交心

暑期從外地訪友的回程，順道探望在安娜堡（Ann Arbor）工作的小兒。安城，是密西根大學所在的大學城，今年七月，被全美退休公會（AARP）評為最適合退休地點的首選，除去空氣、水質、文化活動、休閒運動設施，醫生人數是其他城市兩倍以上，而密西根大學醫學院的研究醫療水準，不但是許多醫科學子逐夢的學府，也是諸多疑難絕症病患所懷抱的希望。

小兒帶著我們重回昔日校園走走。我們順道參觀癌症醫療廊房，走出心臟科中心時，一眼就被進大門一座以大片瓷牆為背景而設置的「交心」銅雕所吸引。

這座八呎高塑像的作者，珍・第戴克（Jane De Decker），希望透過銅雕的逼真，展現無私、給予的情操，讓所有步入心臟科中心行醫、就醫或探病的來客，駐足觀賞後，都能產生這種正面的大愛情緒，雕像標題：My heart is in your hand（我的心，交在你手中）。

雕像醒目，引發我一些感觸：

病人將一顆故障的心，以全然的信任，坦誠交到醫生手中，務請巧手小心治療，千萬別傷了這顆心啊！對無論相識與否的病人，醫生均盡力給予無私的醫治，正是大愛的極致，而訪客有心，也能以籌募金錢，或當義工或捐贈器材，多方來表達關愛。雕像無言，含義可深。

從美學角度來欣賞，銅雕的男女兩人，交手合心之美，頗具創意。

情關之初，始於男女因緣際會的交往，一旦演成了情侶，不小心，很容易讓對方傷心。兩人若能互握互持、珍惜相待，誠懇交了心，還得努力保持這顆「合心」的完整，或會有希望結為夫妻。一份感情能開花結果，且歷久彌深，誠心正意、沒有二心，應是必備因素吧。

稚幼年歲時，小友們純真，聊天交心平常又容易；青春期尤然，剖心置腹的交往，趣味相投的雀躍，三五知己的合拍，印象尤其鮮明；及至成年，職場上，不敢輕易交心，又是多少回顛躓過後學得的經驗？北美社會，注重隱私，處在人際交攘紛紜中，能真正「知心」而能全面「交心」的朋友，試問有幾多？肯把心交出去，已把自身置於他人掌握中，意味著信得過對方，相信對方凡事會為我著想的真誠體貼。能擁有不需設防、年齡相近的朋友或同事，確是數不盡的人生財富！念年少時的純純交友交心，也仍以一貫的「誠心正意」做為待人處事的準則，這和珍・第戴克，藉雙人合心雕塑，意欲表現無私、給予的誠懇大愛，基本上是相通的。

〈原載二〇〇八・九・二《世界日報》〉

金燦秋季

深紅、橘紅加撒黃綠、深綠，繞著眼尾餘光，老在二樓書桌左側映照，索性起身拉起上下對開的大窗，嘩！一團鮮豔，炫然眼前，這是一棵披掛了美妍秋色的糖楓，挺立在隔街對鄰人行道旁，耀眼的由不得引人嘆賞。我重新坐回桌前，卻再也難能專心，被窗格框定的楓紅，光燦的秋色，豈止連窗，簡直不甘寂寞地透窗而來，直逼眼廉又躍上書頁，一副試圖邀我外出、莫負秋光的強勢！

這齣秋戲，年年在我書房上演，窗景絢麗，看她千百遍也不厭，只因為，秋，降臨在密西根州的卡城，誠足以「堂皇富麗」來形容。

就在我住家附近的社區街道兩旁，早在八、九年前夏天，由卡城市政府派環保員工，在每家的前院鄰街道旁，都種上一棵六呎楓樹，孤伶清瘦的枝條和稀疏透天的葉片，逐年茂大，隨季豐盈，向居民昭示著季節的嬗遞，也完成市政府綠化卡城、邁向「樹木城市」（tree city）的目標。

姑且不說禿枝覆雪的冬景以及嫩葉綻枝的春光，如果說夏日開車在楓樹交蔭的社區，是清涼得稱心舒服，那麼，秋日夾道華麗的楓葉襯藍天，便是美色娛目的悅心！遮蔭、賞葉過後，每家每戶配合市政府專車的收葉時程表，努力耙掃庭院落葉，也就成為理所當然的的代價！猶記得當學生時，曾經對王國維的「昨夜西風凋碧樹」，難以想像，而今仰望眾樹酡醉富麗、唯獨依舊以青綠披身的某些不知名大樹，只一夜西風冷雨，千真萬確地竟可以讓一身眾葉凋舞落盡，清晨俯視地面已成堂皇葉海，的確讓人有不可思議的興嘆。

秋日的風光，讓視覺、味覺同樣歡愉，就我所居住的卡城來說吧，過了中秋，秋霜凋萎了夏花，順勢彩染葉片之際，及時補添顏色的秋菊，便氣派登場。北美秋菊的種類和色彩，真不知凡幾，每年在各苗圃市場裡，成排成海的堆放供顧客挑買，由於根莖容易繁殖、隔年逢春又會重生莖葉，中秋後，各家的庭園新栽或舊種的應景秋菊，便堂而皇之、成團成簇地清麗怒放。還有哪！農家秋收的農產品，沿高速公路新插路標尋去，可買得生鮮蔬果以及特別烘培的水果、南瓜派餅；又或郊遊果園裡，橘紅南瓜或坐或躺，綿延田野；果樹上，纍纍垂掛著紅的、黃的、綠的蘋果，梨的香、葡萄的甜，加上園主特製的蘋果西打、甜甜圈，香甜四溢的空氣，教人忍不住尖著鼻子，一路循香嗅進莊園店內，排隊買點嚐鮮解饞，也好暖活暖活幾分秋風透送的寒意。孩童們乘坐麥桿車、溜玩過麥桿堆後，隨大人到南瓜田挑抱屬於自己中意的南瓜，回家雕刻成萬聖節的「南瓜燈」，而不論現摘、挑買、品嘗或玩樂，所費並不多，但大人愉悅、小孩滿足，能全家一起同享屬於秋日的樂趣，也是另種童年歲月富麗的記憶。

中秋以後、殘秋之前，北美中西部的天地間，盡屬於華麗的暖色系色彩的恣意潑灑，然而秋光易逝，秋顏易老，倘若氣候欠佳，過早下幾場冷雨寒風加霜降，短短三兩星期，足可使彩葉落盡、秋菊萎地，野雁數聲中，秋色跟隨著群雁的南飛而漸老去，同時迎來了孩童喜愛的萬聖節，打扮成五顏六色的各方神聖，踩過滿地落葉來要糖，也算是「送秋」大典了。

秋，一個華而有實的季節，既擁抱有豐盛的秋收，又坦陳著華美的秋顏，金燦得富麗，堂皇得氣派，難擋的成熟魅力，終也要隨時序運轉而離去，且多擅自珍攝，隔年便也容易再逢秋！

〈原載二〇〇八・十一・二十五《中華日報》〉

星期日的冬晨

嚴冬的星期日，天色灰濛微暗泛紅，都清晨七點三十五分了，可天還不大亮，反倒有幾分傍晚的感覺！

工作忙，習慣把一周的睡眠債欠到周末一起補足的J，曾經笑自己有一回，周日長覺醒來，窗外天光迷濛，映襯著微黃灰紅，心底驚得不知是睡成了傍晚或早晨？是周日或周一？有沒脫班誤事？再看壁鐘，差一刻七點，仍然無助於分辨早晚……。

J的笑譚，居然連續睡了近十七個小時，十足睡昏頭的懵然，在我撩簾的此刻，特別能感受出那「晨昏莫辨」的迷惑，只沒料到此種「天光」，也會有落實到我的作息、讓我心領神會的時候！

過了八點，天大亮，穿上長靴晨運。

一夜的降雪，把鄰近的「芹坪」〔Celery Flats〕公園，掩蓋上三至四吋白雪，獨擁天冷無人的靜悄，我兩腳一踩一提，隨步伐大小，內嵌靴印，在平白雪地上，踩出兩道頗富創意的綿延足跡。過了小橋，彎進寬平長路，訝見大片凌亂的雪跡，斜橫過道路，消失於兩旁樹林裡，身為公園常客，我判測若不是野鹿，便是野火雞的厚雪足印，天寒地凍，真難為了覓食的野禽們！野鹿經常成數隻相伴先後出現，足步一嵌一拖的雪跡較長，顯然這批胡亂短印該屬成群遊走的火雞爪痕。聖誕節前後，曾在「芹園」內，看見野火雞們高踞禿枝樹幹上，稍受驚動，便先後舉翅短距離凌空飛走，一群七、八隻的空中火雞影，若非親見，還會以為是沒南飛過冬的加拿大野雁，只從也沒料到北美的野火雞群會高飛過道呢！

腳穿內襯綿毛的長筒靴，雙手裹在滑雪手套裡，把頭套拉緊，穿的暖實便不受寒凍的影響，走在雪後早晨的公園，格外能欣賞天地間，雪景的潔白安美、清逸無塵，感覺冷空氣進入呼吸道、心肺怦然充氧、帶動周身細胞甦醒活躍的新鮮！心無雜念，踩著安適，耳裡忽傳來拉長的火車警笛，由遠而近，一長列火車，隔著或有或無的左側稀疏林木，從遠處雪霧飄漫的火車線道駛來，漸近漸大，又轟隆飛馳遠去，車過處，捲起千堆烟雪，四竄飛揚，目送車廂拖曳煙塵沒入白茫中，年輕時，曾心動於「齊瓦哥醫生」影片那幕火車揚長飛馳雪地、烟霧飄竄裡，隱沒不見的雪景，此刻宛如都落實到眼前……。

芹園往返一遭，浴滿清氣，走回停車場時，天又飄起如團雪絮來，根據本地展期的氣象預報圖表，下面兩星期都是雪花下落的雪幟，難得雪地無風，能這般消遙來去芹園，機會顯然不多！

有趣的是，足踩厚軟雪路，彷彿雙腳大口大口地吞吃霜淇淋，挺有滋味！可喜的還在晨運後，足趾乾爽熱活，靴面沒滲進雪水，也和靴身高筒，積雪不易進入靴內有關吧，這下可以據實以告女兒，誇她有心、眼光獨到，ＵＧＧ長靴送得真實用！至於厚軟Land's End新手套裡的雙手，度過戶外四十五分鐘、華氏18度冬溫，十隻手指都還溫暖不僵麻，更稀奇的是，手套內，可沒因手熱而泛潮，都說男孩大剌剌，好像用過心的兒子尚可不包括在內嘛！離巢多年外地求學、做事，不住同一屋簷下，還能貼心知意，把禮送到心坎裡，這等好運，竟然落實我身……。

清晨，諸多美好「落實」的體會，心頭暖意頻頻，好一個美麗的星期日！好一個美麗的冬雪早晨！

〈原載二〇〇九・二・二十八《中華日報》〉

天雪好個冬

習慣了四季分明的氣候，對每個季節的特色，自有一份欣欣然、收縮自如的賞讚。沒有不好的季候，但有心境不好的時候，灰濛的冬季，姑且換穿大紅、尋點小樂，來個自我調劑，境隨心轉，換個心情，季季是好季。

剷雪

家住卡城，位在密西根湖以東，逢雪季，嚴寒氣流愛把大湖厚重水氣吹凝成豐沛的降雪量，哪家車房走道越長，越顯剷雪痛苦。年輕時覺得好玩、健身，有了子女便成無暇、耗力，再演成年歲虛大後的無奈、痠痛，先前尚有長大的子女接手，巢空後，剷雪不慎閃了腰背、扭到手腕，都不是新鮮事。最後，投降繳械，花錢委託鏟雪公司代勞，雪鏟留著備用，但把「本田」吹雪機轉賣，讓他人去「物盡其用」吧！

夜晚的一場暴風雪，一早剷雪公司依約「積雪兩吋以上」便來鏟雪。我隔著紗簾觀看，私人卡車前裝有直排推雪鏟，三、四個來回後，鏟雪工人下車再拿手推「吹雪機」吹鏟車房門邊以及進大門小走道積雪，不消十分鐘，一切搞定，這就對了，勞方擁有好工具，資方願意付工錢，一拍兩合，再多積雪，也能在隆隆聲中消除！

雪運

凍、冷了一星期有餘，「Frigid」、「Big Freeze」都被電視氣象播報員用上，例行的戶外「晨運」，改成地下室繞走，走啊走的，籠裡再用勁，也只不過是繞籠蹓轉的天竺鼠，真像極了自己的寫照！

早晨電視氣象地圖上，顯示全美各地的代表城市氣溫，都是低冷的兩位數字，唯獨歸五大湖區的芝加哥，以單位數的零下九度，成一枝獨秀，車程與芝市相距兩個半小時的卡城，也冷得車後排煙冒氣久留不散於車陣中。

周末起早，又見雪花飄落，好奇想著公園的野鴨、野雁，不知何處棲息、覓食？既凍且餓的滋味，並不好受！我揣著三條蘇打餅乾、一包甜麥餅，穿上橡膠釘鞋，開車往「密倫公園」解惑，只覺得暖化了的地球，把入冬前，該南飛的野禽，都給耽擱、愚耍了！

路徑、草地全教白皚厚雪掩蓋的公園，仍有三分之二的河湖尚未結冰，三、兩隻北美野木鴨（wood duck）棲靠河中石塊旁，我以玩「飛盤式」，對著牠們連續丟出蘇打餅乾，引出不少先前沒察覺的其他野鴨，紛紛飛起，再落水，「呱呱」朝我游來。循聲朝多數野鴨再拋餅，眨眼間，聚來一堆搶拾得此起彼落的鴨頭兒，如此的冬雪天裡「鴨以食為天」圖，鴨身深綠黃麻黑褐，隻隻交相攢動爭奪，和岸上白雪的平和恬靜，對比鮮明！

揚手間，餅乾散盡，手凍腳冰，再不走，手套裡的指頭、棉襪裡的腳趾，都要僵麻！

積雪沒脛，光禿大樹成了徑道標竿，憑著熟悉的地勢，我繞湖快走，鬆散的雪絮地，被雪靴拖拉成兩道內嵌大鞋印的走痕，半跑半走兩圈後，原本平坦雪地，有了不規則雪道，相較於幼小時，南台灣夏天時有的熱雷雨後，牛車壓過鄉村黃土路的泥濘不平，這高低雪地，還算清爽！來點花樣吧！走第三圈時，我專選沒踩過的雪地落腳，忽彎忽轉地快走，回身一看，新舊足跡縱橫交錯，把個平白雪地攪成胡七八糟，有類於孩童將生日蛋糕上層糖霜，並同花色，胡又一氣的無心傑作！除了同屬隨性不拘的大快以外，於我，可還是在天地間，一場以靴代筆、以雪地為畫布、唯我獨享的痛快！

寒天

農曆標著「大寒」節氣的當日，果然，窗外，雪下得如團如絮，一會兒，又如鹽如霰，單位數字的華氏氣溫，作息如常運作、外出辦事，鏟雪車尚未顧及的住宅區，積雪路面被趕早的車輛碾壓得汙髒難行，抬眼望見光禿的灰黑樹幹枝椏，朝天面，有白雪靜悄的停駐，高挺的松杉暗綠葉掌上，白雪輕覆的清麗，確實像圖片卡上美好的冬景，美則美矣，原也需要點心情欣賞，一般的冬雪天出門，想的只是快快開過雪泥、別遲到！回程，則盼路不滑、少塞車。很慚愧，自己掌盤開車，關心的多半是路況、時間，很少有心賞景，只在周末大雪，所有活動取消又懶出門，這時烤些小點心配熱飲，燉鍋熱湯好暖身，大雪紛飛又何妨？下吧，下吧，下個暢快，反正是多數人不用上班、上課、不塞車的周末！

〈原載二〇〇八・三・二十三《中華日報》〉

輯二

莘莘學涯

在大學裡成長

偶於商場，巧遇舊友，當她介紹站在身旁的少女，就是數年前曾有數面之緣的那位高中畢業、由台來美念書，略顯生澀、壯實的姪女，刻正就讀於大四最後一學期，並已在西雅圖找好工作。幾年不見，委實驚喜於高等教育，所賦與女孩外表氣質的顯著變化！

北美校園裡，有較廣泛又多層面的各式人種師友，做學術性或生活性的學習接觸；有極多個人自由空間和時間，但憑興趣和個性參與活動或自組社團；又有機會結伴旅遊；也有算學分的異國遊學，去增見聞、廣交友，即使做義工學經驗，或打工賺學費，都是鑽研學位以外的另種成長，「Make the best out of it！」不就是多少子女進大學時，父母們心底的冀盼？從快念完二分之一大學的小兒身上，我也見到了高等教育的潛移與默化。

小兒高中畢業那年暑假，碰巧有機會隨外子的商學團體，訪問香港、大陸幾所大學和商業機構，對港、中的文化與社會有個粗略的實際觀察。大二聖誕假期，全家返台賀壽，親友團聚共敘的熱鬧、吃不盡吃的宴客，以及親人送禮的慷慨，都讓他大開眼界又大感新奇。

返校上課後，有一晚，他打來電話，提起在電腦房遇見一位研究所畢業的大陸學者，他以中英語交雜，對小兒談起剛到美國時，在語言、學費、生活費及成家各方面的掙扎。兒子很誠心的承認，如果不是長成後，去過港、中、台，對兩岸三地有點親切認識，對這些談話才比較能從三地

「移民」的角度，試著去體會適應新環境的辛苦而獲得成就；否則，大概也和所有美國人或本地出生的華裔一樣，看不見也想不到這層「辛酸」面，只以為既來到這塊新土地，就該盡快「美國化」學好英語，融進美國社會，過著和美國人一樣的形態生活。現在，卻本能的聯想起來自台灣的父母，廿多年前想必也經過這個值得同情的掙扎適應階段……，又據他回台的了解，小他十五天卻生在台灣的表弟，要唸滿滿兩書架的教科書、參考書，日夜勤讀，由「聯考」決定就讀的大學，和美國真的不一樣！

因旅遊，無意撒下的思考種籽，發芽的還包括肯定學好中文，對他的中國面孔很有必要，只因在港、中，能以粗略中文，為洋團員幫忙購物、交涉輪渡；在台，以半中半英與表弟交換學校、電腦消息，如果中文能力足夠，就更方便了！在大學校園與陌生人交談，常被問：你從哪國來的？既得知他是土生華裔，又問得理所當然；那你會講中文吧？而陌生的中國留學生卻問他：你的英文講這麼好，是怎麼學的？來多久了？若不即時說清楚，接下的一連串急快中文，會讓他心慌口慢，回應得張口結舌！無怪乎，他在工學院繁重課程中，選修一年大學中文，而後，很坦誠自道觀悟：東方同學談話都比較保留，不像美國同學那麼開朗直快！

旅行對學生而言，豈只增長見聞與廣結友緣？心智的開拓與成熟，才是始未料及！

大一結束時，小兒曾留校修春季班。租賃在十七樓的住處，兩扇大窗戶面對施工興建中的新式室內迴旋停車場，由上望下，但見挖土機、鑽土工具噪音頻頻，伴雜著黃塵滾滾，使蒙灰的窗戶不時格格震顫，好一副方興未艾的蓬勃景象！兩星期後，小兒的電腦郵件寫著：

住與建工程附近，其實也是一種充滿啟發性的幸運，當我坐在開著冷氣的客廳沙發上，優閒看電視時，也看到外面烈日烤曬下且不曾停手的工人，我就開始心虛、內疚……，而且，那批工人每天清晨六點就上工，我卻連八點的課都還嫌痛苦得爬不起床、太早上課！望見早起的工人早已勤快忙著做工，我實在沒理由還抱怨……。

長大後的孩子，的確需離開舒適的家、安逸的環境，有再成長的必要。

春季班修畢，繼續留校擔任青少年電腦營輔導員，招收的學員屬大底特律區高中生，其中黑人學生居半。服務三批梯次期間，除輔導上課之外，傍晚陪打籃球、周末看電影、帶團體康樂活動……。夏令營全部結束時，去接他離營，見黑人學員兜繞他，宛如弟妹般自然，就和一般學員似的親切、並沒兩樣。不禁想起在他上幼稚園時，對一位黑人同學的一隻黑皮膚的手問道：「你可不可以拿肥皂把手洗乾淨一點？」陳年舊事，說給他聽，他咧嘴大笑：會是我嗎？很難相信啊！

我卻相信，近兩年的大學生活，他一定在心靈上成長許多，或無暇，或忘記，或暫且不想，或僅僅只想自個兒嘗受涵詠，我全了解，也很尊重他的個人自由，並不想侵犯。

大學，人生僅此一次的一段黃金歲月，不論是因接觸、因思考、因交友、因學習、因旅遊、或因環境……，其成長經驗無不獨特雋永。四年，所給予學子內在與外在的領悟與潛變，是多或少，但憑慧性，最緊要的倒是那親自走一遭來得貼切，殊難忘記。

〈原載二〇〇一．三．十九《青年日報》〉

運動培育膽識

新近讀得一篇「今日美國」報載的有關企業界高級主管於求學時期參加學校的體育活動，大有助益他們成年後所從事的事業，這些經驗也可以從學校旳學生會及各種社團獲得，但都不如從運動競爭的戰場得來的具深刻性兼進取性，這對女性主管尤然。

文中，舉貝西・伯納為例。她於廿四歲時，就被委派擔任美國AT&T公司的顧客部門、掌六十個員工的主管，而且員工們都大她五到卅五歲。今日四十六歲的貝西，已是顧客部門營運兩百億美元企業的總裁，當年在校時她曾是校際競賽級的滑雪隊隊員。

又根據一九九七年「婦女運動基金協會」的調查，財富名列前五百名的企業公司，有百分之八十的女性主管，自承於年少時期，被認定具有競爭能力與男性果敢的器度。

到底早年運動場上磨練得的精神，有那些稗益了女性成年的事業發展？

綜觀報導，可歸結為：團隊精神與領導技巧；自律與堅毅；能善控時間；有勇氣冒險；有器量從失敗中汲取教訓；從活動中奠定人際關係。這些經驗，無不助益往後職場成功所需策略、技巧與習性的研發。

有數位受訪的商界女主管，見解尤其獨到：

「禮育活動幫助我做出明快的決定。因為平穩的玩法，有可能比急進玩法更冒險。即使所做決定並不是最好、最正確的，我仍然保持自己的決定。」四十三歲的神奇電影軟體科技公司的女總裁如此表示。

「比賽不可能都贏，當然也學得在失望中，花點時間反省，馬上又把注意力轉向自覺良好的事物上，保有信心，往前看，不要失去目標。」一位年輕時，曾是國家游泳代表隊選手、現任IBM掌環球安全部門的女副理提供上述心得。

另有多位年少參加體育比賽活動的高階層女主管的箴言為：

「即使是最差勁的團隊，只要引導全體朝一致的方向努力做去，也會有超乎僅有一個人的成就。」

「如果得到一位好教練，附帶也就學得激發各個隊員潛力的技巧、一種管理團隊的技能。」

「遇到出賽前體能有差誤的不順利，正如職場的偶有失策，只有堅毅的選手，會獲取應得的報酬。」

運動場上的競賽，不論培訓、出賽、輸贏，無不教示運動員在日後人生或職場上極富意義、極具價值的經驗，由多位成功的企業界婦女於求學期多參加過體能活動的訓練，已可窺見一斑，足見「體育」不僅鍛鍊身體健康，更是「膽識」能力的另一種培育！

〈原載二〇〇二・五・二十五《青年日報》〉

好牌

年輕的凱，對暑期工讀機會的選擇，顯得猶豫又遲疑，兩家素夙盛名的好公司，無異橘子與蘋果，各有優異，好難挑定！甲家兩個月前已給聘約，乙家特邀面談，希望極大，但大公司多層次作業，等待的滋味，在甲家答聘期限將屆之際，委實焦心，等與不等，萬般難！

他把難下決定的緣由想法，電郵給甲公司與他面談過並予錄用的女主管。畢業兩年，擁有名校電腦工程碩士的她，很能體會年輕人想做最正確選擇的心情，在回覆的電郵裡，誠懇、寬宏又耐心的寫下她適才參加工程領導人員會議，聽主管瑞奇的實例，也許能給凱做為參考：

瑞奇有幾個企案，可嘗試部門的新發展，卻讓機會平白一一跳過，又因顧慮企案雖好，說不定稍後會有更好的出現。就在按兵不動的等待期間，瑞奇眼見其他部門主管挑選企案之一，付諸行動後，都開創有新展機，於是憬悟，與其多慮的等待而固步自封又喪失良機，不如見有優良企案，積極付諸行動去做，雖然不確知企案新潮流會載他流向何處，也不確知稍後或有更好的企案出現，唯一能驗證決策對否的方法，便是以樂觀的熱忱，甘冒風險，勇往向前，把所挑定的企案，執行成為最佳、最對的企案！

這則攜帶訊息的電郵，幫助凱撥雲見日的有了決定。

受困於選擇時所呈現的優柔寡斷，當事人通常都有足夠的聰慧，卻教一再的分析、比較、思慮，把事情複雜化而難下決定，導致徬徨遲疑又坐視良機消逝。

反芻這則轉送來的電郵，讓我聯想起時下管理行業的暢銷書「誰拿走了我的乳酪？」（Who moved my cheese？），瑞奇的工程覺悟個案，不就是這本書原理的實際運用？

乳酪不見，兩隻老鼠簡單又直覺的反應，是馬上向外找尋，終也找著新乳酪！兩位小個子的人類，一個執迷不悟，害怕冒險而毫無進展，另一個悟察變化又能及時行動，也發現了更大的新乳酪！

若能及早回應已然的改變，往前瞻望邁步，怎不是身處瞬息萬變的物、事、職場，極佳的生存之道？早做決定，省事、了事，也好辦理相關的事，讓已定的方向當主導燈塔，順潮依勢，邁向難料的未來，風險固然有，卻也沒有想像猜疑的巨大，倒是新上演的局面，呈現新意義的新機會，才真讓人振奮！

大凡臨做決定前的猶豫，應屬自然，一旦過分的思、比、析，往往淪喪直覺，失落了主題關鍵；做完決定，檢討可也，事後若懊悔，又未免過於求全的不夠開通、老與自己為敵的過不去矣！誰能倒回光陰，從頭來過呀！

雖然，在生命的某一定點時刻，偶會對已發生過的某事或某決定產生懷疑，追想另種做法，或許能做得更好？獲得更多？另種選擇，可能比已定的格局，會有更大的發展空間？但是，走在已定的路上，去看另一條路的風景，又豈能得到真相？恐怕會把兩條路的風景，都給耽誤了呢！

以智慧「擇汝所愛」，以熱忱「愛汝所擇」，忠誠地把鎖定的選擇，決意走成最好的選擇，即使選拿的牌不夠好，本事足夠，不也可以打成不差的好牌？

〈原載二〇〇一・四・一《青年日報》〉

談憂慮

憂慮的心神，應允的是，對美景視而不見，聽笑話笑不出，喪失胃口，難以成眠，增添白髮，免疫力降低易致病……，憂慮所招致的愁煩，有時還摻雜點恐懼，長期承受，有如壓力，傷身又傷心，可惱之最，還在憂愁的有損元氣，卻往往於事無補，怎不洩氣？

北美民族性多現坦朗樂觀，笑圓成快樂臉的黃色貼紙或彎成上弦月般笑臉的信手簽畫，在行事生活裡十分活躍，儼然嘉勵言行的大使，又宛如鼓舞士氣的天使！流行語「Don't Worry, Be happy！」更道出輕鬆自在，凡事朝光明面想、看的人生態度，信心勇力十足，偶然遭逢困頓，便也跨越得好不膽勇！

然而，人事繁複多變，煩惱困擾總會有，同般智慧，樂天處事，似乎容易寬然度過，憂愁派卻得先克服內在滋生的遠近憂慮，再拿餘力超度障礙，平白多添一道傷神耗氣的過程，心力怎不交瘁？反觀樂天者，時候到時，當機立斷，一副「水來土掩，兵來將擋」的輕鬆，倒也差強人意地平安沒事。

曾在「今日美國」報上，讀過一則訪談九十三歲高壽婦人的報導。除了飲食簡單，每日健步，親自操持家務以外，她對周遭新潮科技好奇而不排斥，夜眠時，若有困擾俗事浮泛腦海，如果屬於自己所無法、或無能、或無力幫忙之類，便讓它溜除腦際，否則，待明日天亮馬上動手去做、去解決。

果然，對付憂煩，當有如此具建設性、具創造性的實惠態度，否則，豈不落得「生年不滿百，常懷千歲憂」地抑鬱難以度日又夜夜難眠？

中國文化裡的「人無遠慮，必有近憂」，或「未雨綢繆」，無不以高瞻遠矚的心態，對未來預作籌謀那未知的可能情況策略，讓「擔心」、「焦慮」，備有相應之道為後盾，「煩惱」的基本態度，仍是積極的、有所作為的，一如北美九十三歲老婦對付困擾俗事的切實際且富建設性。

在國外，中西思想文化的差異，常登場在移民家中，「憂慮」便是一例。

受北美教育長大的子輩朋友，曾電傳來一則馬克吐溫名言，提醒涵受中國文化教育背景的父母們，少為未來做過多憂慮：

憂愁，好比為一樁還不知是否會負欠的債，先付利息。Worrying about something is like paying interests on a debt you don't even know if you owe.

樂觀的年輕人，認為花時間去憂慮未來，等於奪取活在當下的寶貴時間、價值與樂趣，何況，憂未來，並不會為尚未發生的遠景造成任何進展，瞻前顧後地愁腸百轉，容易為發生在過去的事生懊惱，恨不得能重新來過！其結果，似不外乎原地踏步又無濟於事，不如以努力「工作」代替無謂「憂愁」，工作忙碌，反而無心也沒時間去憂煩；再說，許多憂慮的事，不見得都會發生，那又為什麼要憂慮？

十分受用此等深具邏輯與沈思性的健康生活態度，也終於了悟北美民族性，不作興「杞人憂天」的坦朗樂觀，其源有自。

〈原載二〇〇二・四・八《青年日報》〉

秋迎留美新生

夏日漸遠，連著幾回陰雨過後，氣溫又自動下降幾度，秋便以迤邐的腳步，姍然進入時序，也宣示了新學期的開始。

開學上課後的第一個周末，在卡城的西密大台灣同學迎新餐會上，獲知今年共有十多位新來念企管碩士班的學生，能有機會更上層樓再進修，總是一件欣慰事，而人數比往年要多的波潮，或與全球性的職場景氣欠佳不無關聯，處於底谷時期，採取充電以蓄勢待發，若果經濟足能負擔，也確是棋高的勝算！

放眼會場，大學生與研究生，顯然不同。除去年齡有別，後者出了校門，多少有過服務社會的做事經驗，不論是舉止的穩重程度，或是經交談所感受出的成熟思考能力，以及對學習方向的掌握規劃上，都有顯著的差異。

過去幾年的感恩節長假，曾非正式邀請遠離家國的企管碩士學生們來家中聚餐，舊去新來，每年更換著不同的面孔，不變的是，讓外子與我有如重溫青春學生年華，也宛似再享離巢子女返家的熱鬧，而不論課業、感情或旅遊，方今的留學生，比諸七〇年代的我輩，都來得輕鬆、寬裕些地少憂、也少經濟壓力，代代進步著呢！年輕的他們，年齡與我們在北美生養的子女相彷，然而中西教育有別，栽培出優勢互異的新生代，呈現出有趣的對比。

一般華裔的思考行為模式與美式文化青年，大致相同，或多或少也能兼具傳統的中式教養，加上自幼沐受美式社交禮儀，英語圓順婉達又習俗通曉熟練地視北美為理所當然的母國，流露無懼無畏的充滿自信；反觀大學畢業後，來美研讀的台灣青年，多能勤學、本分、又知上進，然則勤勉有餘，勇氣或稍欠不足。「敢」字，在北美機會均等的社會，可謂無往不利，也是學好語文、盡快適應異國異土，以爭得機會的關鍵。

此回迎新餐會上，數位於留學前來自台灣的西密大教授們，在學生會長邀請下，無不誠心以要點揭示勗勉後進，以為參考鼓勵。

唐教授表明在課堂上不能羞怯，多舉手大聲發言，英文不好，說錯也無妨，參與討論不但有助於真正的明瞭問題，期末計算成績時，「課堂參與討論」也占極大的比率。

王教授則籲請同學們，除非是在辦公室的一對一時，可用中文交談，否則平常在課室走廊相遇，有事也請只用英文對談。

譚教授以過來人的切身經驗，透露初到國外念書時，曾發生各種困難，所幸斗膽向外找相關人士請求幫忙，才能一一過關，進而認知「樂於助人」，正是美國社會的美德之一。

韓教授緊接著再闡明留學生在國外，不出經濟、學業、感情三大問題，有麻煩，千萬不要自縛，要主動找同學或教授，幫助解決。此外，別為明日的出路過分擔憂，盡量把今日的學習根底打得扎實，明日順序來到，自然會有足夠的學識與才能去應付，務請記得好好把握並做好今日的學習，不妨學「亂世佳人」劇終前，女主角郝思嘉的自白「我將留待明天再去擔憂」（I will worry it tomorrow），把過分憂慮的時間，拿去做今日的學業衝刺，才是正確的研學態度。

離鄉土、背親人，隻身到國外研讀，已稱得上「勇敢」，再練成對正規事項敢試、敢當、敢求、敢學的態度，如此的一個勇氣十足年輕人，即使留學期間遭遇波折、屢受顛躓又仆倒過數回，也絕對會有餘勇，再站起來朝目標繼續前行的！

〈原載二〇〇三・十・四《青年日報》〉

失愛之痛

曾在〈時代雜誌〉上讀過一段「愛情」界說，其大意為：真實生活裡的每則愛情故事，演主角的兩人，有如沒劇本可看，也沒劇情預告，但隨心、性、意、情，自然生動地相互往下演，結局？卻是個難料也難說的未知。

照此說來，愛情如同個人命運，誰能料知終盤呢？

一分感情，由含苞、初綻、全開、收卉而成果，是結成眷屬的平常路，健康的相愛過程，能引發雙方驚人訝己的潛力，生活的因愛而美好，生命的因愛而美麗，凡過來人無不會心微笑，如果過程有誤失，修不成正果呢？怎麼「分手」？分手後，猶能使生活振奮向前、使生命持續推動麼？

沒有一樁真心付出過的感情，面臨分手時，是容易的，即使屬理智的分手。已不再合適、不想或無法挽救得需譜下完結篇的戀愛，自有不足為外人道也的原因，「為何」分手或許並不重要，要緊的是「怎麼」分手。曾經相愛過，仁心互為對方著想，試以圓緩友善方式，把失戀的撞擊，減至最低，讓彼此仍有退路餘地，也仍有餘力朝前舉步，便也不枉曾經愛過的美麗情誼。

然而，即使分手得極為君子，仍難免黯然傷心，並且，愛得越深，越會有難割捨的心痛，難抹忘的過程，尤其分手後，有如失足跌進黝黑洞窟的茫然無助，痛苦得好難過日子！這掌控「失愛之痛」的能力，又與身心成熟度成正比者為多。

青蘋果之愛，碎心時，老一輩們總愛輕淡數語帶過：「沒關係，哭幾天，不消個把月，又是生龍活虎的少年人！」雖也是事實，但若因分手導致超過數星期的消沈、離群、寡語、頹喪，連帶使飲食、情緒、睡眠大受改變而影響了健康，確需專門人員的疏導幫忙。

美瑞安・考夫曼醫生（Dr.Miriam Kaufman）一本專寫給父母的手冊：克服青少年的沮喪（Overcoming Teen Depression: A Guide for Parents）提及約有百分之十五到廿的青少年，於成長期的情緒低落失控，乃由羅曼史及分手引發，進而教導青少年不需過早發展一對一的異性愛。因為年輕時期正是普遍發展友情、穩固友誼，藉以自助、互助度過青澀苦悶的階段，課餘閒暇花時間與大夥朋友們互動，也共同參加團體活動，或帶著朋友和家人們一起聚會，從中體認團隊精神，培孕群體的人際相處能力，無不裨益人格成長，此時，如果產生羅曼史，日後卻破裂，朋友們的友情、家人們的親情，更是撫慰心靈所不可少的復健甘泉！

成長的同時，或快或慢，都將逐次體會、或間接悟知：生命中，有些事，的確難能掌控，比如死亡，比如戀情的失去。但，禁得起苦痛的折磨，只會練就出更堅韌的個體！青澀漸褪，成熟漸生，全是得來不易的代價！

成年以後的愛，不幸失戀，也該能懂得「惜情」。因為，愛戀的當時，傾心相處，真誠相待過，縱使後來各自往不同的人生方向移位而失去交集，卻並不意味這「分道揚鑣」的兩人，是不被祝福的，有時，感情畫下句點，反而是完美的結局；更有時，物換星移，因著時空的機緣，星散的兩人，卻又被牽拉在一起了呢？

這都是戀愛不成、理性看待的過後語。

最難過的，倒是剛分手時的頹喪苦痛、碎心的昏暗淪失，一次次的自我反問「為什麼」？妄想明日醒來，就會回復舊狀，也痴盼會再復合，直到椎心醒悟，對方已永遠走出自己的生命，接受事實，這，才是清醒睜眼與苦痛相處、蹣跚再出發的時候。

從走進「碎心」裡的蒼茫，到走出「心碎」後的蒼白，以「保持忙碌」，讓時間匆匆流逝過往，稀釋了傷情而使生命力重生，是多數的選擇，然而，紐約時報的專欄作家芭芭拉．狄安吉利博士（Barbara De Angelis）在其暢銷著作《當下》（Real Moment）書裡，有一小節自述走出感情陰霾之道，她敘及當年男友棄她而去，傷痛之餘，以遠離人煙的山間簡陋小屋為據點，無電無燈，但與燭光相沐，與靜默相處，寫日記、打坐，也往林中、海邊漫步，獨自孤處四日的心路。

起初，由終止對「失愛」事實的抗拒，而接受了「失愛」所附帶的苦痛，內心深處反能漸生平和脈動，感覺原來的那個自我再次重現、精神再生，遂能以平常心，公正審視這段逝去的感情，也看見交往期中，所不願面對的癥結真相，終於悟然放手，不再眷戀，霎時，那有如創痕開始癒合的「木痛」，取代初受創時的「銳痛」，便是下山重投紅塵，與親朋聯繫的時候。

狄安吉利博士選擇獨孤地先往內心諦聽、探索、審視，與自我滌清相處，終能了悟，豁然走出硬繭，生命因坦然而更能釋放癒合的能量，也更有能力走回常軌，繼續忙碌運作，如此溫和正視傷口，正是療傷、復健所不可少的一環！

大凡健康、理性的文化人，歷經感情挫折，將更有懂得感情的能力，也更有寬宏愛人的能力！

心性所衍生的成熟與漸呈的穩定，是受過挫折後的代價，也是開釋再生後的禮物，經一事，長一智，何況失愛恰如失馬的塞翁，又焉知非福呢？

〈原載二〇〇二・五・二十二《青年日報》〉

品味生活

偶得一則有關品味生活的電腦郵訊，讀來有趣，又很耐人尋味。

電訊原文，敘述一位哈佛的企管碩士，在墨西哥鄰海小漁村，遇見一位漁夫，對他輕易可捕得大魚，卻只求捕夠全家溫飽便收工的生活哲學，不甚明白，好心詢問：何不出海久些，捕獲多點，也好使生活過得舒適？哈佛碩士並建議了一連串主意，諸如拉長捕魚時間、積存利潤購買大漁船、不經中間魚販而把魚直銷工廠，自捕、自製、自銷，再搬離小漁村遷往墨西哥城，再移駐洛杉磯，最後進駐紐約城，讓企業在那兒鴻圖大展。

「這過程要花多少時間呢？」漁夫問。

「十五到廿年。」哈佛碩士答。

「然後呢？」再問。

哈佛碩士笑得眉飛色舞；然後就是最精采的部分了，等待良機，宣布發行工廠股票給大眾，財富可賺成百萬。

「百萬？然後呢？」

彷彿已實現理想，這位企管碩士滿足地描繪：然後，可以輕鬆退休，搬到一個傍海小漁村，睡到日上三竿，只需捕少量魚便足夠溫飽地陪子孫玩樂，傍晚帶妻子村裡閒逛，喝點老酒，以吉他和玩樂器的夥伴們一起彈唱助興，過愜意的日子。

由不得聯想起為追咬自己尾巴，忙得團團轉，最後也只不過仍待在原地喘息的小狗，忙了半天，並沒走遠哪！但追逐過程的淋漓，是否抓著癢處的暢快，繞轉而得的運動，甚至自咬尾巴的憨態，其活躍多姿，都不是一隻靜悄伏地，不曾有動靜的馴服小狗，所堪比擬！

如果，從來不曾有改善動機，不曾被引發出好奇也不曾渴望要突破現狀，個人原始風貌的保存，仍大有可能，但教育普及的今日，所提供「學習」的本身，常易激引上進，啟發好奇，或者興出改進的意念，況且除去「學習」以外，常人對人生藍圖的想望，不論是物慾或精神層次，不管是企業商界或個人理念，各式各樣的追求，很難有止境，便也忙轉成不「白走一遭」的人生路。往往身在局中忙時，多迷而不曉，事過境遷的若干年後，拿經驗累成的智慧，以不同的角度審視過去，或許發覺當初的執迷，大可不必？那場經營，可以省略？那時的策劃，根本多餘？那番追求，並沒必要？然而，盡心盡力的每段過去，不論成敗，是否多少也為日後的動態與走向，奠下點基礎？若不是努力試著實現過，又怎有今日的憬悟呢？

想來，應是背起過背包，方有背包可以卸下，也才了悟不背背包的輕鬆！屬於正面的大小美夢之星，不曾試摘過，能親身體驗「從未擁有」與「曾經擁有」的不同真味麼？雖然，不嘗試，可以免除「可能失敗」的打擊，卻不能免除想知道當時若去試了的結果會如何的疑惑與好奇！

若能有所選擇，何妨選擇樂於並勇於嘗試積極的光明面，有意義的人生面，細品生活，姑且不評論過程的冷暖苦樂，也不計較後果的成敗豐貧，肯定的是，可以無憾的自我交代：至少，已經試過！

〈原載二〇〇二・十一・二十一《青年日報》〉

眼看心思　東西有別

東西方不僅文化背景不同、外貌互異，以同樣一雙眼，觀察同一事物，所見竟也大相逕庭。去歲，曾自一分「底特律自由報」（Detroit Free Press）登載資深專欄作家，摩特・克寧（Mort Crini）專欄，讀得如此訊息：

根據「美國心理學會」的研究報導，美國人趨向把焦點放在個體、或創見、或個別差異，似乎看見的是一棵棵單獨的樹；東方人則傾向於把焦點擺在個體與創見相互間的關係上，有如看見整座的樹林。

文中敘述有一項實驗，請美、日人一起觀看電腦螢幕上，以卡通繪製的「熱帶魚正悠游的魚缸」。看畢，再回想所見到的畫面，大多數美國人的注意力都在熱帶魚上，尤其是最大、最漂亮的那種；日本人卻趨向於描述所見到的整體畫面——魚缸背景、熱帶魚、缸中植物、和缸底石礫擺設。

新近又閱得一分中文報轉載康乃爾大學研究小組對一一九名哈佛大學生和一三七名北京大學生的調查，發表於「人格與社會心理學」期刊，專題為「回憶最初的記憶」並「形容對該事件的感受」。概括的綜論為：美國學生的童年記憶比較清楚，多集中於「我自己」「個人經驗和感受」，明顯地，自我評價較高；中國學生回想的多為日常生活的細節，且多為與家人和親友的「家庭集體活動」。中國社會的「強調集體」，美國社會則「重視個人」，是所發現的差異。

如此看來，國人由來已久於男女交往時，家長們喜歡雙方能有「門當戶對」的家世背景，不就是看重未來兩個家庭結繫的整體關係？崇尚個人自由的西方社會，對情投意合的兩人，能有學識、品貌、教育、職業相匹配的「門當戶對」，似乎比諸家世、背景、種族來得重要。然而，難以否認，能糅合東西所執，兼顧個人與整體的婚姻，美好持久的勝算比較大；而有成功作為的人，多數也是那些能看見一棵棵單獨個別的樹和整座樹林的人。

曾經與經過抗戰一代、已成祖母、曾祖母輩的母親們言談，她們多屬於克盡厥職的典型傳統中國婦女：儉樸勤勞持家，一切以家庭為重，不奢求自我。子女能成材、成器，或謙稱為「對得起祖先」；老伴橫生意外，或又先內疚成「在外的子女會怪我沒照顧好」，其顧念家庭集體關係，明顯地超出了「個人為本位」的概念！同樣個案，美籍友人，往往謙稱子女的成就為：「全是孩子們自己的努力！」而自幼培訓個人當對自己負責的理念，遇事則開釋不少「莫須有」的罪疚感，進一步，更有「把伴照顧妥當，好陪自己走長遠一點、不孤單的人生路！」如此陽光心態的回應。

眼看心思，豈止東西有別？所形成的處世哲學，似乎也各具奧妙深趣！

〈原載二〇〇二・七・二十三《青年日報》〉

當西方遊學中國——飲食文化的震撼

在北京某餐館，吉姆跟隨一位跑堂，從店前水族箱網撈起一尾松鼠魚，旋又急匆匆奔進後廚房，我順勢解說：「中國人喜歡吃生猛海鮮活魚，那可是吐過污泥的新鮮美味！」當整尾醋溜魚端上桌時，魚頭正好朝向吉姆，我忙打趣：「嘿！年年有餘，你要富了！」微笑的吉姆，把魚頭連盤乾脆轉向我，說「兩顆暴突的魚眼珠，瞪得我怪不自在！」整桌人全笑開了。

在北美，向來是吃不見了魚背骨、沒頭、沒尾的魚片、魚塊或魚條，若不釣魚，也不上華人市場或華人餐館，連頭帶尾的全魚上桌，幾乎難得一見。

「中國人為什麼吃全魚？而且還要吃活的？」

「進餐只拿筷子，那吃大塊肉怎辦？」

與一群廿來歲洋學生旅遊中國，老要回答自己從也不曾去想，從也不會去疑的習以為常事，真鮮！國人吃肉，大多切絲、切片去燴炒，即使炸豬排端上桌前，不也都預切成易夾的條塊成小巧狀？全魚全喜全福壽，鮮活進廚，完整上桌，怎不吉祥完好？

夥同廿三位西方多過東方的碩士班師生，十四日朝夕相處，以「外商經貿在中國」為遊學主題，共同參觀訪問香港、深圳、上海、北京的各大企業與教育機構，並且隨後由他們給與座談會以互動交流，也順道訪探名勝古蹟。十分慶幸巴士導遊都很盡責解說，否則，我「鮮」到最後，即使

不辭窮發昏，也會遺憾自己不是個道地的「中國通」！

據南茜的觀察，中國人飯後剔牙，多半以手掩口，北美人士則不遮不掩，大剌剌口含牙籤，當眾戳、剔；若說剔牙不雅，稍需遮掩也罷，卻奇怪為什麼有的中國女孩，連笑開時，也要掩口？白齒笑靨，難道不可愛？不可喜？

甜美可人的史黛芬妮，吃完每頓中國餐飯後，必嚼口香糖，幾經觀察，才發現大多數洋學生亦然，常常彼此徵詢：是否有口香糖？何處有口香糖的小店？原來，禮貌的他們，耽心中國菜不離蔥、蒜濃重調味，餐後口腔必留異味，開口說話，該多尷尬！

餐桌上，吃多了切塊的各式全雞，賴瑞、這位服務某大藥廠的電腦專精，觀察圍桌東西方學生的取食，很邏輯的歸納：「如果有選擇，東方學生喜歡吃雞腿肉，西方學生喜歡吃雞胸肉！」要能省去吐骨的麻煩，吃雞胸肉的確省事，嫌乾？在西方本土，灑一瓢調得濃厚的汁醬，馬上解決問題，要不就是雞胸肉已經過調味又內填作料而呈飽潤狀，簡單、無骨、易切、易食，正合洋人愛吃雞胸肉的哲學！其實，我倒以為，雞腿肉豐腴多汁，原汁原味，不填塞、不灑醬，豈不更省事？洋學生一向吃慣無骨雞胸肉，到中國改嘗沾椒鹽、或板栗紅燒、或五香燜燒加筍的雞胸肉塊，也覺滋味無窮。

賴瑞很奇怪，為何上海餐館普遍點不到「節食可樂」（Diet Coke）？一罐冰「節食可樂」取代咖啡，提神醒腦又不冒汗，且易攜上路，若與正餐共進，也十分有味；我只好說，可能中國人不愛糖精，進餐多半挺傳統地，不喝湯，便喝水、喝茶吧！

團體遊學期間，一日三餐，供應豐盛。在深圳、上海住的四星級旅館的自助式早餐，中西兼備，洋學生能有選擇，還是往熟悉的牛奶、果汁、咖啡、烤麵包、乾穀片、水果沙拉、燻腸、煎蛋、培根、火腿片裡去揀選。他們不習慣清早喝滾燙的熱白粥，或有黑藍綠的皮蛋塊滾沸其中的皮蛋瘦肉粥，至於陌生的肉鬆、鹹蛋、小醬瓜多不敢碰，蘿蔔絲餅、豆沙包、燒賣、菜肉包、豆沙酥餅，其內容不甚明瞭，都只望望然，不肯輕易取嘗；午、晚餐多半圍坐在七到十道菜、放置中央轉盤的大圓桌共餐，有的學生，睜大了眼，不知這麼多道菜，該從何吃起？對蒸透的純淨白饅頭，都能接受；白米飯又比火腿蛋炒飯受歡迎；油多的、裹炸的、甜膩的，女孩都不沾，如此這般揀選挑食，倒也不失他們為洋腸胃自保之策。

這批已進社會工作，不乏中、高級主管人員的年輕學生，代表的正是西方新生代上班族注重健康的飲食觀，且看身軀高大的席馬，面對轉圜的滿桌豐富，只挑就著豆芽炒青椒、香菇燴白菜，以及芥蘭牛肉，一連要過兩碗白米飯，配著礦泉水簡單解決，便是顯眼的明例。

連吃一星期中國食物後，部分洋學生請求領隊教授：能不能保留幾餐有選擇性的自由，換吃沙拉、牛排西餐？即使麥當勞、或肯塔基炸雞，或者披薩都行！

不讓國人的「中國胃」專美於前，似乎，西方學生也會有難拗的「洋人胃」！難怪有回在「今日美國」報上，讀過一位資深專欄作家，把幾乎遍設世界各國大都市及名勝地的「麥當勞」一店，列為世界七大奇觀以外的另一大奇觀！姑且不說此乃「美式食物」登陸世界各國的成功，對旅遊異國的洋人，「麥當勞」可充當了稍撫洋腸胃的最安全可靠、又最經濟自在的「老鄉親」呢！

當西方遊學中國，如果無法把「洋胃」稍予東方化；如果無能接納筷子為吃的部分文化；如果無法適應聚餐的豐盛；如果無能聽若罔聞於眾聲喧嚷的餐館；如果無法忍受不分禁菸區的隨興

公眾食堂抽菸，所承襲「吃的文化震驚」，雖不致像大海裡的波濤洶湧，也會有淪捲拍岸的浪花難忘！

有幸參與遊學，端的是平常心，記實寫下所觀所察，或有裨益於中西學術生活交流時，對那在所難免的飲食文化差異，可做為一分心理調適的參考，能把飲食震驚減至最低地適應良好又身心俱暢，學習成果也相對提高呢！

〈原載二〇〇一・九・二十四《青年日報》〉

中西人情味不同

偶於傅佩榮教授著「寫給年輕朋友」書中，讀到：一九六三年五月，留華學生狄仁華寫了一篇「人情味與公德心」，引起了廣泛的回響，中學生與大學生亦紛紛發起「自覺運動」。時隔三十多年，當時的學生，已經是社會中堅，那麼公德心是否提高了呢？

成長期曾躬逢「自覺運動」的波濤，乍讀此文，倍感親切。只是離臺卅餘年，當年我輩學子留在臺灣的，早教歲月推輾成社會骨幹，所蔚建的「潮尚」，多少應有相異於卅年前的公德心與人情味吧？

姑且按下「公德心」不表，久居北美，我所親歷的人情味，印象雋深的，有兩樁：

一九七七年秋，外子結束留學生生涯，急欲往新職上任。從美中西部的內州林肯城，往北開到加拿大蒙特婁市的麥基爾大學，可也有超越「千里路雲和月」的遙遠，沒有一部穩靠的車子，全家三口大搬遷，萬萬行不得！

當年窮學生單憑現金、支票過日子已足夠，不曾建立刷信用卡付賬——有支用、有付清的紀錄，向銀行貸款買車，竟因無「信用紀錄」可查檔而遭拒；向朋友借款？七〇年代的留學生，多半一窮二白；求援雙方家庭？出國留學費用都還是籌借的呢！相熟的美國接待家庭（Host Family）？情誼尚未達開口程度。結果，外子的博士論文洋指導教授，自動相詢情況，慨然為我們向銀行作保，讓銀行同意貸款給我們買新車北上。

洋人素不肯、也不輕易為人作保，尤其是為外國學生的金錢作保，堪稱「使不得」，中國人又何嘗不然？雷蒙教授的人情味，讓那時年輕的我們感佩至極，誠恐誤了他的高節，三個月內，速速償還完銀行貸款。感懷恩師曾幫助他爭取得優渥獎學金、擔任論文指導的主委，終於論文、口試一一順利通過，取得學位，外子把他畢業後的第一本專業著作，呈獻給身兼系主任的雷蒙教授，他卻承受不起的連連反問：你要不要再考慮？你確定真要這麼做？

恩情直超過一般人情的難以磨滅與不言的期許和信任，正是學成後，猶努力求精進於學術界的策力，鼓勵也幫助後起輩的楷模！

另一樁，緣於一九八二年初夏，我獨自帶著稚子幼女，分別為六個月與四歲半，返臺省親。轉機時，登機門道走盡，尚有一小段戶外徒步距離，再扶走架於機艙的小樓梯，才能登上停駐機場的飛機內。

肩負大袋的罐裝育嬰食品、奶瓶、尿片，懷抱小兒，手提著摺疊式嬰兒推車，車後並掛有網袋內裝兒童零食餅乾和小書，由稚女緊跟我身畔。正打量如何高登上機的霎那，隨後來到的洋人一家三口，男主人見狀，馬上把抱著的幼兒交給背著旅行包的妻子，上前幫我背起育嬰大袋，手提嬰兒推車，大步走上登機樓梯，放妥後，再下來，且讓我抱襁褓小兒登梯在前，由他牽小女殿後，安全上了機，再下去照顧他的妻小。

適時如逢甘霖的得到助援，不是幾聲「謝謝」所足以言盡感激之情。尤其在那機場改建中，風大、聲吵的停機坪，深恐因一己行動的顢頇，耽誤他人急於登機的不便，窘迫的時刻，洋夫婦的即時溫情，便長駐我心，化成日後轉助他人的動力。

抵達中正機場，走下暫因電流故障而不流動的高陡電梯，又是另一番心驚膽跳。大背袋、手推車，又抱兒攜女，往電梯頂階才站上，便幾乎有倒栽蔥的惶然。匆忙中落了後，也不知另尋升降式電梯，但憑直覺，步履謹慎、顫危危地隨眾走下電梯，站我前後旁觀的國人旅客，或有或無妻小，無不同情地看著我發揮「為母則強」的本能：走在前的，急急忙走完電梯，好為我讓路；走在後的，緩緩留了步，以免得我心急出岔錯，我卻只記得，那不動的電梯，長得走不到底，折煞我也！

抵臺東小機場，臨下飛機時，一看窄小的下機樓梯，心呼不妙，卻有同機的一位軍官，禮貌上前自薦為我提手推車、背旅行袋，一路護送至候機室。「軍愛民，民敬軍，軍民本是一家親」，往昔小學所背誦課本上的詞句，竟然鮮活演練在親身歷境中，軍士的惻隱扶助之心，較之國民做得極好的照顧自己人、照顧熟人，以致於對陌生人已力不從心，果然大相逕庭。

近廿多年後的今日，國內「愛心傘」的溫情，推行得甚具口碑，足見「推己及人」的嘉惠陌生人，不需聖賢，只要平凡人，都能適時適地助人一把。於是，我更相信，昔日中正機場不動電梯上，母子女三人驚心動魄的險象，自然再也不會重演了！

〈原載二〇〇一・六・十八《中央日報》〉

不期然的滯留

前一晚，芝加哥上空強烈的暴雷雨，耽誤了沃黑爾國際機場不少飛進與飛出的班機，由密西根州大湍市飛往芝加哥的最晚班飛機，便因此被迫取消。

一早，本應登上該機的前晚旅客，併同首班飛機乘客，在櫃台前，排成一條迂迴大長龍，等候劃位並行李安檢。我雖屬於原訂早班飛機的乘客優先之列，仍然在大湍市誤點一個半小時才得登機，這一耽擱，拉掉了接往洛杉磯的飛機，只好在芝加哥又枯等兩小時接下一班再飛洛城。

坐進機艙，半小時過去，飛機僅滑向跑道便無動靜，機長宣布，由芝加哥往西飛，氣象預報正有嚴重的熱雷雨氣團，請大家耐性等候。四周的手機對話，忽然隨後竄起，再一個半小時，機窗外，大雨不歇，天色陰沈，機長歉意宣告：希望再過廿分鐘或半小時便可起飛。又過了四十五分鐘，飛機仍在跑道待飛，機長除了抱歉，並請有興趣的乘客到前艙參觀機長室。言畢，已有三、四位成人領著孩童走往前艙，麥克風隨後傳來清稚的對話與向機內旅伴的問好聲。

長時間靜坐侷限的空間待飛，也真難為了好動的孩童！出門旅行，人人冀盼順當安抵，然而，任憑再先進的高科技，仍得屈服於大自然的天威，畢竟，攸關人命，安全第一！

雨又來了，仍不宜飛？擴音器裡，機長再玩「尋角子遊戲」為旅客殺時間：持有1962年所鑄造角子的乘客，來領一份禮物。沒有？有1976年或1982年的也成！

真有賓果的好運？湊趣地打開錢包，翻找一陣，果然又應了流行語「人生不如意事，十常八九」，沒有呢。

抬眼望向跑道盡頭的遠天，烏雲籠罩不散，苦候西空上揚威的暴雷雨成為過去，是對耐性不得已的測試。飛機既然飛不上青（陰）天，機長請空服員發零食、飲料給旅客解饑、解饞，並請各人飲後保留紙杯，以備待會兒飛行期間繼續使用！

四個小時過去，飛機也仍只在機坪跑道上，旅客依舊耐心等待，手機講話三不五時地此起彼落，機長已不知第幾次以歉意與旅客談話交流：「這情況完全超乎我所能掌控」「氣團阻滯，飛機仍無法起飛」「後頭已有六十五架飛機排在我們之後等待飛出」……，冷不防，後座響起一位年輕男子的聲音：我們最想聽到「飛機再等五分鐘便起飛」的宣布！

等待是一種磨人的藝術，或長、或短……或漫無止境，哪管這廂枯候的焦心竭慮，那廂姍姍理由千萬，一分一秒，都似蝸牛龜步地難守難候。當所有消磨「等待」的法寶用盡，連最簡單的閉目凝思也幾乎難承難載時，機長請大家回歸座位，綁好安全帶，因為，引擎就要發動了，他帶笑再補充：先前有一位乘客問我「你不會留我們在機內過夜吧？」我現在可是給你一個最實際的回答！

這場暴雷雨，讓原訂下午一點的班機，展延至五點半，終於迎空起飛，乘客忍不住歡聲鼓掌，同機共坐在芝加哥機場跑道上，苦候四小時又卅分鐘，如果不曾耽擱，此刻，應該正在洛杉磯機場準時降落。到底，讓我見識了美國民眾有禮守法的耐性、機長應變靈動趣致，以及確認旅行中，手機小巧方便聯絡的需要。

望向鄰座借手機給我的黑女士，她的友善親切，在我心急於通知接機親友時，這適時的援借，一如不飛、先請「長坐」的坐飛機紀錄，全都是不期然的難忘經驗！

〈原載二〇〇三・十一・二十九《青年日報》〉

微不足道的小禮

從芝加哥飛卡城的雙螺旋槳小飛機上，不滿十人的乘客，加上底艙的行李，使安全起飛有了顧忌。

左一排、右二排可容卅人的座位，以甬道從中間隔開，稀落的乘客，多數落在前半部，於是空服員徵求自願旅客往後艙移座，以求載重平衡，順利起飛。

東方女性的平常身量，坐第二排，從也不曾想過會是小飛機起飛的威脅，按兵不動的當兒，男空服員走向坐近走道的我，低聲詢問：是否和鄰座男子一起旅行？「不是」我才答完，忽地意識到靠窗的這位白人男子，體重恐怕超過兩百磅，綁妥安全帶的他，一時也不容易挪出座位，並排而坐的總重量可不輕矣。

不等再問：是否介意移坐後機艙？我已自動起身往後移步，身後同時傳來空服員感激的道謝聲，輕輕拂去了我幾分窘意，可心裡還自責著：考慮重量，怎沒聯想到加上鄰座的總重量？

飛機開始移動。依慣例做完緊急逃生說明後，這位年輕的男空服員，直接走近我前方、那鄰緊急出口座位的乘客，請他擔任危急情況時，司掌安全門之責，又朝我露齒一笑，誠意又帶點歉意地說：「謝謝妳能往後移位」，我不禁笑答：「沒事，一點也沒問題。」

北美尊重女性，幾回搭乘小飛機，自動移座的，幾乎全為男士，捨起身不便的過重男士而請東方女子移座，在他，多少自覺有些不夠禮貌吧，以致下機時，站在機門前送客的他，見了我又再一次特地道謝，白燦的牙齒與良善的笑容，鮮明得一如機艙外的陽光。

及時一句短短的謝詞，適時一個和善的微笑，足以為他人減少淡淡的窘意，添加暖暖的心懷。禮，即使小得微不足道，卻足以撥開他人心頭不經意輕攏上的淡雲，拂去小小的失意！

〈原載二〇〇三・四・四《世界日報》〉

「不介意」的人際魅力

偶讀一篇由中國太太作者，描繪其與丹麥先生的夫妻相處實例，她那人際相處「不介意」的個性，十分地討喜可愛！

根據文中所述，丹麥人注重幽默，連職員聘用，也會把「具幽默感」列為徵取條件之一，而「幽默」在丹麥，是把「陰陽顛倒」、「正負反過來說」，聽在非丹麥人耳裡，不免會有嘲諷、侮辱之嫌，但這位中國太太卻能消化這類帶味、帶諷的「丹麥先生的幽默」，不但不介意，還哈哈大笑，反幽默一把地回敬先生，也發揮豐富想像力，自我瀟灑開脫，兩相消遣過後，從不因此生氣。

生活瑣事的不快，遇上「越了界」或「犯了戒」，能不擺心上，擱心底，但以幽默解嘲，隨意得好不快活！

不禁想起已遷往舊金山，未語先展笑臉的一位長輩師友。

再緊急、再不悅、再惹惱……的大小事，到她那兒，秀麗的臉龐，顯露一逕是不疾不徐的從容與溫和的笑意，開口則為慣有的柔悅語音與輕緩有節的聲調，聽得怒急者，能不沐和神清的，幾稀！城小，平常往來相處，她的未語先笑，擁有高學位與貴職位，卻不介意朋友間，偶而唐突的問話、閒語，反而常以善意解說，具慧美，兼寬容，其廣受歡迎又普受愛戴程度，在卡城社區裡，一向是不分男女、老少、中外，連當地英文報也曾圖文予以推崇！

年輕的萱，朋友多又樂於助人，堪稱快樂少憂。有回聚敘後，我自覺不妥，請她別在意我先前的失言，她愣然一笑：「喔，我早忘了。」「妳不介意？」「不會啊，如果我去介意每人說過的話，那多累！大家不都是隨口說說嘛。」

不小心眼的女孩，心胸坦朗，直教人喜愛！

也發覺有點年紀的蘇，與友朋對談時，若不順她耳，便也哈哈帶過，順溜地轉換話題，並無憮然不悅色，可又是另種人際「不介意」的典型。

社會對一般男女俗成的窠臼，不外為：男性心胸寬廣、不太計較；女性多半「心眼窄」、「鑽牛角尖」、「拿著雞毛當令箭」……，按說男女處世，機會均等，逢上職場瞬息萬變，心力交瘁之餘，還想事事介意，大概也已乏力得不想再自討苦吃吧？而惶急的生活步調，能少介意旁人忙中無心失言之錯，便也少憂、少煩，不失為「減壓」良策呢！

人際交往，是門學問。想想，人若太在意「弦外之音」「話中有話」，便難擁有海闊天空的平和開廣心境，生來具有，或練學得有四兩撥千斤，以幽默帶過或調侃、或嘲諷、或無心失言的「不介意」個性，相處容易又自在輕鬆，怎不是魅力人生？

〈原載二〇〇一·十·十九《中華日報》〉

恕道在西方

「以德報怨」能施用於恐怖分子的暴戾事件？

據媒體披露，恐怖分子或持學生簽證、或拿觀光簽證，或自加拿大、墨西哥偷渡入境美國，這批惡勢力的滋長，利用的正是「寬宏」「自由」「友善」「平等」的立國精神，卻蓄意製造民間的悲慘、社會的不寧、國家的波動。暴戾未現前，寬容和善的國風卻顯然助長了惡勢力；自由博愛的民情，卻適足以姑息養奸！

試看過去廿年發生國際間的驚爆案件，多數與暗藏各國的恐怖分子相關，而冤冤相報，當然不好，誰會喜歡隨時風雲突現、防不勝防的震盪？惶惶多危、岌岌難安的生活？但惡勢力一日不除，勢必再犯的暴戾本性，又如何能以等閒視之？一個講道理、法理的社會，據理而爭很自然；「以直報怨」很合理；將惡勢力繩之以正義，更是公理所趨，一旦理直義正將之發落得不再犯，才是施予國際恕道之時！

權且將「國際恕道」留與專業人士，只就個人切身的「人際恕道」在西方，以所閱見謹陳分享。

最近讀過報載一篇由史丹佛大學心理學家卡爾・索瑞林（Carl Thoresen）於「美國心理會」大會上所發表的論述，提及：

「寬恕，並不意謂寬宥、或決定忘記被攻擊，或甚至需要與攻擊者諮商和解。」

「寬恕，是放棄權利去惡化情緒，是放棄去持續憤怒，同時，也放棄伺機反擊的慾念。」

「原諒他人，是對自己最有價值的禮物，不論是對情緒或生理健康而言。」

讀得如此訊息，頓時對美式的「人際恕道」新解，有了幡然憬悟。

能找回心頭的平和與人際的安寧，無疑地，心理、生理都比較健康，而不論是把不愉快拋諸背後，把過節淡化、或把苦痛沉埋，在時間還不夠長得足以洗滌、催化、消散之前，想要真正「忘記」、「和解」，的確易說難做。

常人都是有記憶的，這也是人性可貴的一部分，對一樁人與人之間，大到需要寬恕的過錯或傷害，又怎會忘記？正值氣氛惡劣中，遽談和解，可容易？不如努力學習「原諒」——原本需要諒解，才能解怨息怒。

索瑞森的研究論點，教常人「如何寬諒？」實乃強調「自我心理建設」。只因沒有一個成年人能控制另一個成人的攻擊或犯錯行為，但能選擇從另外旁觀者角度去看事件本末，至少取得一個不偏袒任何一方的看法，不譴責，但接受已釀成的事實，往前看，讓生活朝前邁步。他的研究小組，也提議實驗過的效果極佳的實用技巧：

寫下感情化的苦痛事件本末，陳述受創的情緒感受；或者寫封信給傷害你的人，但不具敵意，也不寄出。想來旨意盡在讓受傷情緒得以安全宣洩，進而寬諒他人，同時，憑藉文字的述寫，再次審視「傷口」，逐次拼得全貌，真相漸白，豈不間接裨益心情的平復？

恕道，人人都可學而習得。但是，根據大會發表的同類專文，也指出個性偏向自以為是，或善妒的人，其偏執、其計較，卻是「恕道」的障礙；有愛心、有宗教信仰的人，反而比較容易原諒別人。其實，寬恕他人、原諒過錯，「有心」而已，心誠意至，即使個性稍有偏差，一樣也能行恕道！

始終高居暢銷排行榜的「最後十四堂星期二的課」（Tuesdays with Morrie）一書裡，病沉的摩瑞教授，以親身軼事對學生密契（Mitch）談及「恕道」：幾年前，好友死亡，自己始終不曾、卻再也沒有機會，去接受好友生前一度想和解的意圖，不能讓好友死前知道他已原諒對方，也使友誼恢復，是心底一樁永遠無法去彌補的遺憾！

不曾原諒好友，到末了，竟會演成無法原諒自己的「過去不曾原諒好友」，摩瑞教授明顯地意味：若能及早放棄對好友的持續憤怒，放棄以「不肯接受和解」為反擊的權利，此時，終將闔起人生日誌之前，心頭少樁憾事，心境不知要增添多少平和安詳！

原諒他人，果然是對自己最有價值的禮物。

〈原載二〇〇一・十一・十《青年日報》〉

當下的省思

九月底，美電視台ＡＢＣ播報了一則興味新聞：德州自九一一事件後，離婚率下降，不少上了法庭的婚訟案，自動撤清，理由是，比起世貿雙樓與五角大廈的災難家庭，我們的爭執問題，只不過是個小馬鈴薯而已！

同月，《今日美國》報紙的生活版作家魁格・威爾森（Craig Wilson），在一篇專欄寫著：一位女性朋友，與其姐在廚房共做派餅時，爭論該放多少薑粉，派餅才會有老祖母祖傳的特有味道？喋喋堅持中念頭忽轉，脫口而出的是「算了，放多放少又有什麼關係？」只因驀地想起九一一罹難家庭那親人不見、飲食無心的悲慟，自己尚有姐姐可共做派餅，還爭什麼？

兩則逸事，咀嚼在心，前往友家聚宴。朋友們體諒主人做菜辛苦，紛紛各帶甜點尾食分勞。餐畢，美味誘口的甜食四、五樣當前，我暗呼不妙，今晚卡洛里早就超載，怎麼忘了留點「肚量」裝甜點？機靈的萍，爽快點明：先吃為快，想想那突然永別的勤勞有節制的上班族，生命苦短啊！

不幸事件，似乎容易使人有「豁出去」的飲食觀，也更能喚醒大眾換個角度，重新釐定、重新審視人際關係。也許因此改善了愛情，或親情，或友情，而一些常有的爭論、互比、或計較，當死亡驟降，頓然失卻意義，只顯得愚騃又恁地多餘！如果幡然覺悟為「今朝有酒今朝醉」的沒有明日，只不知醉醒的翌晨，生命是否仍得持續向前？生活是否照樣得過？無傷大雅的豁然開朗挺好，掏空耗盡的沒有明天，宜予三思呢！

報載歷經浩劫餘生的世貿大樓某專業人員，驚逃現場後，篤意下鄉買匹馬，馳騁原野，以遂平日繁忙無暇實現的夢想；另一位目睹慘況持續發生的鄰近人士，當下決定換買吉普車，載所愛去山巔海湄觀日落！現在不做，尚待何時？似乎，當死亡近臨眼前的剎那，霎時的意念與留戀，是所摯愛的親人，是未盡的心願，是未圓的美夢……。

發條上緊、度假帶電腦與手機、沒空生病、公務至上的勤墾者，原不該只有在繳回生命時，才有心思餘力顧及平日迫於現實，一再押後的心願——那個原就不占優先的多年希冀夢幻！然而，經濟正值「失業」、「解聘」、「裁員」紛聲中，能保職留位不受殃及，足堪稱幸，即使公務吃重也只有勉力以赴，現實當前，自然難顧美夢大星的摘取，但偷空摘顆次等小星自我犒賞，應也不妨吧？

若遭失業，不免沮喪，然而小憩過後，靜心思考，或找機會充電，再進修、再試試，又或者找個自我滿足感高、待遇少的工作，權且度過難關。深信「當情況愈演愈艱，艱難也終將逐漸演成過去」的名言，而比諸九一一事件一去不返的罹難生命，能幸運地保得生命青山，總是還有再起的希望！

〈原載二〇〇二・十一・二十八《中華日報》〉

輯三

昔日春風

得來不易的笑容

從來也沒想過，會有天生臉頰肌肉僵硬，而無法發笑的人，並且，患有這種病症的病人，在美國加州，還不算少數，擁有一個相互支持旳小組團。

七月一日，請假在家，好久不曾看電視晨間新聞，順手轉看NBC的「今天」，畫面上，正巧報導這位住加州、小學學齡的女孩──雀兒喜，打從生下的嬰兒期開始，就不會、也不曾笑過，檢查結果，得了臉頰肌肉僵化症，無法像正常人一般地笑，也無法展現「歡顏」。

西哲有云：「一張不會發笑的臉，好比一朵從不開花的蓓蕾，連支撐它的莖，都要沒精打采了。」不見了笑容的嬰兒，有如心事重重的天使，連親吻嫩頰，都會讓人有慎重得忘了加點甜蜜的感覺，而孩童的純真，有大半是來自於無邪的笑容，一個天生有一張不能發笑的臉的孩童，童年時光，少了快樂的歡笑，何其無辜？又何其不幸？

雀兒喜四歲時，對著大鏡子裡，媽媽為她梳頭的笑容表示：「我真希望，我也有和妳一樣的笑容。」拜了先進科學醫術之賜，先後經歷兩次手術，醫師成功地取出一些她大腿側的肌肉，移植於兩邊臉頰內，再生肌肉復原極快，而使臉頰得以自如縮展移動，雀兒喜終於有了歡喜笑容，從此，有能力對許許多多的洋娃娃、朋友們的微笑，也回報以「微笑」（Smile back）了！

曾經讀過作家三毛的一本書，其中有一節，記述她初來美國求學，有陣子不如意、愁坐校園草坪上發楞，有個美國大男孩走來，遞給她一朵蒲公英，她很自然地笑了，男孩也笑著跑開，拋給她一句：「多笑笑，妳有一副百萬笑容呢！」

壓力、忙碌、無奈、困頓……許多不可避免的生活低潮，直把人的情緒，推跌入谷底地，爬也爬不起、牛角尖鑽也鑽不出，垂喪的臉給拉長了，笑容也忘了開花，想想這些天生不能揚嘴角微笑的無辜人吧，別忘了，我們很幸運地，還有能力咧嘴、揚展雙頰，也笑出一張百萬笑臉來！

〈原載一九九六・九・二《中央日報》〉

我還有

走出超級市場，不覺猛吸幾陣晴陽空氣。靠牆的市場外側，堆滿成袋成堆的沃土肥料和木屑；層層木架上，陳列著成盤的菜苗、花栽，還有許多半開或已開的盆花；欄杆間，依次掛擺了成排招展的各式吊籃，淡淡的花香，引來蜂蝶，也引出了行人冬眠後的嗅覺。

「多漂亮的玫瑰，連空氣都飄香呢！」我不禁輕快地脫口讚美。

尾隨的超級市場送貨員，正幫我把袋裝什貨放進車後廂，突然停止了動作，說道：「女士，很抱歉，玫瑰花應該是很香甜，可惜我不能和妳一樣聞到。」

我很關心的問：「你的花粉熱過敏已經開始了嗎？」他搖搖頭說：「我的嗅覺在三年前的一次車禍中喪失，雖然鼻子失去作用，但是我還有健全的眼睛、耳朵和嘴巴，所有重要的器官，我都還有呢！」

難得遇上一位能夠朝向自己所擁有的去看、去珍惜，而不是專撿自己所沒有的去挑、去嘆息，我誠懇的對這位缺了一樣官感的年輕人說：「對！至少你絕不會聞到惱人的怪臭異味！」

〈原載一九九七・二・十七《中央日報》〉

中文，有此一說

外子與我，外出後返家，看見小兒留給我們一張紙條，上面留言的姓名，寫的是：「Needle and Hammer」，兩人想了一會兒，恍然大笑，是多倫多的朋友「曾垂」，打來過電話哪！

又有一回，姐弟兩人嘰呱胡扯兼抬摃，聲浪漸大，我探頭正想吆喝，小的馬上先發制人：「媽咪，我知道妳又要說：『Fry dog enough？』我們還沒有Fry enough！」我噗哧失笑，說的正是我的口頭禪：「吵夠了沒有？」

我教他，文雅的稱呼夫妻：「丈夫」、「妻子」，接著，我顧左右而言他，再回頭以英文反問一遍，他偏頭抓腮，回答：「丈夫」、「獅子」，也罷，有時妻子河東獅吼，比起獅子，倒也相去不遠，不過，還是笑著努力指正。

再告訴他，一般的口語稱呼為：「先生」、「太太」，隔一陣子，再考問，他想也不想，衝口而出：「老爹」、「老媽」。果真言教不如身教，好玩、好笑的，最易上口，美式從小教育「從遊戲中學習」，不但馬上在這兒見到影子，似乎還生了根鬚地牢不可拔！

語文教學，素以生動有趣為主，要不然，妄想孩子能屁股膠黏在椅子上的好好聽教學習，那可比屁股抹了油的伺機開溜滑走，艱難多了！

〈原載一九九六・十・十六《世界日報》〉

怦然心喜

下班、放學，或是因事外出的家人，回家第一件事，若是找尋已先返家坐鎮的家大人、我的行蹤，會讓我竊喜不已。

「一日不見，如隔三秋」？那可是已成歷史的談情說愛階段的吸引力；「晨昏定省」？當今又有幾家能夠？也許，倒過來，老對小比較普遍；「父母在，不遠遊」？怕不要讓國外長成的新生代，嗤鼻哈口，把頭搖得像只搏浪鼓？那麼，不惜房裡房外，東張西望，樓上、樓下、地下室，把個腳步踩得咚咚作響，躲迷藏似的找尋，為的只是說聲「哈囉，媽咪！」「嘿！妳在幹嘛？」

恐怕是：回到家，馬上有親人可以說說話，那種對全然知己、體己的「親人」，隨意說那種不需客套，不用設防的「心眼話」，是精神的大放鬆，是疲乏的好解脫，更是外出所遇新鮮事，有人分享、分擔的暢快！如果笑容適時，冷熱小點心隨後，那麼，回家能見著熟眼熟面的家大人，豈不是冬暖夏涼的寬慰？

想不到，竟然榮擔這等「舉重」角色，沒由來的一陣暗暗歡喜起來。

〈原載一九九九・三・十六《台糖通訊》〉

生命——是美麗的

看完得了三項金像獎的義大利影片「生命美麗」（Life is beautiful），劇中那善哄逗趣的爸爸，有著伺機應變的靈動小聰明，膽大心不驚的處變態度，雖然最後被納粹軍處決，卻留給鍾愛的妻子，一個護得不曾讓納粹的醜陋，摧殘了心靈健康的兒子，他的有限生命，活得美麗，過得有趣，集中營倖存的妻子，生命也因歷經艱險的兒子，能失而復得而呈現生機、而有意義！劇中父親何其美麗的人性，突顯了這部主題美好的電影！

小孩都喜歡善哄、風趣的大人，能擅用孩童的言語，潛回小孩式的思想，和孩子溝通互應得知己知彼，儼然「同一國」的人，是比較容易贏取信任和仰賴，其實，當孩子小時，能做個與小孩「同一國」的大人，又怎麼不是在享受著「還童」的快活？

小時，住糖廠眷區。隔條街的前鄰，住著一家五口，有一對孿生姐妹是與我同齡的同學，印象中，她們的父親，便是這麼一位喜歡逗鬧小孩，真真假假地裝瘋賣傻、滑稽兼幽默，要子女花點腦筋，勤思考的長輩。笑容常露又性情和樂的這對學行兼優孿生同學，也常對朋友們施展家傳，大家相處得好不快樂！她們的全職母親，喜歡做各式麵食點心小吃，後院還種了七、八畦油綠的菜圃、爬架瓜豆，是翩翩粉蝶兒最愛光顧的樂園，洋洋灑灑地呈現自給自足、好不豐盛的園景，再加上屋簷下、走廊上，數籠專營電器孵化小雞的熱鬧，孿生同學的媽媽，開源節流，持家有方得真夠勤快，難得的是，這麼忙碌不堪，每回見她總是盈盈含笑，講起話來，話聲伴著笑聲，清清亮亮的，笑彎的眼眉，讓人覺得：似乎，生活得再忙再累，並不影響她的愉快心情，有愛又有趣，生命真美麗哪！想來這位「逗趣爸爸」，定然功不可沒！

已不再當「上班族」，卻對上班族男士，有一奇想：何妨在下班回家途中，試著卸除工作面具和辦公室情緒、如果有幼小子女，返家後，花一小時當他們不老的彼得・潘，也是調劑！或能再當另一半得心應手，至少半小時永不凋的體貼情人，長此表現優異，草木都會動情，既親近了妻子芳心又贏得小孩的童心，自自然然換來心甘情願的「老媽子」，長遠可靠的「老忠誠」、以及「向家力」強韌的「家庭結」，算盤珠子撥撥，電子計算機按按，這一本萬利的每日投資，實在划算！家人能「常歡笑，眼淚不會掉！」生命，又怎會不美麗？

〈原載一九九九・五・十六《台糖通訊》〉

想念

夜半無眠。深垂的窗幃，把黑夜遮得靜悄又無奈。

書看得朦朧、倦眼之際，忽然想起多年前，半夜起床，走進女兒透亮的房間，那盞床頭燈下，一張沈睡的嬌嫩臉龐，幾本半開的書，鬆懶弛散地瀉了滿床。輕輕為她綣縮的身子蓋上薄被，她還半睜半睡、喃喃叫聲「媽咪！」，我低頭輕吻她臉頰，把燈熄了，雖然青春正盛，卻仍是心眼中那個沒長大的「小女孩」啊！

不知，畢業後，工作於芝加哥的「小女孩」，今夜的這晌，可是忙累得黑沈沈地甜睡到天亮？

喜歡耗在電腦前直到清晨三、四點的兒子，以電腦為主修的大學生活，恐怕「惡習」依舊。正常睡眠減縮成「小睡」，累積的「睡眠債」，怎麼去補足啊？多希望還能像他高中在家時一樣：披衣而起，走進書房吆喝他兩聲「修仙啦！拜託，趕快睡覺去！」

想著、惦著、掛著，才壓下心底，又浮上心頭，輾轉反側，雜念洶洶波湧滾至，索性起床上電腦，每人送去一則「伊媚兒」。

正待退出系統，「叮！」一聲輕響，螢幕快郵秀出「媽咪，清晨三點半，怎麼還在上電腦？趕快去睡啊！」

唉呀呀，到底誰在關心誰哪？憑著電腦，好個「天涯共此心」！

〈原載二〇〇一・七・一《台糖通訊》〉

輯四

親密情長

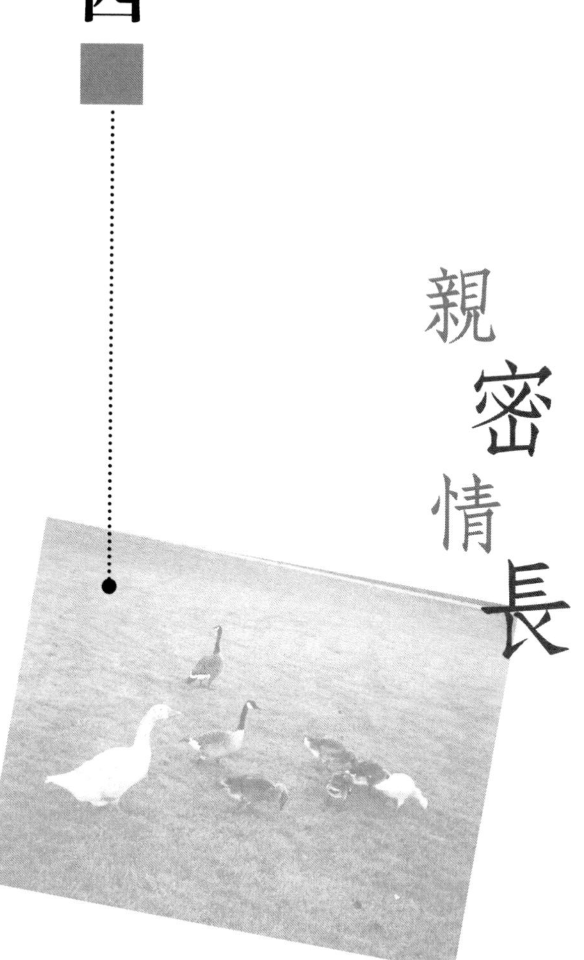

求婚

同樣的姿態，同樣的地點，也仍然是同樣的兩人，興奮地濱海笑對鏡頭，留下廿五年結婚照。兩張新舊照片，並排放在英文報同一版面上，相互依偎的甜蜜不改，身型與容貌，卻大有出入。據報載，這位情高興昂的男主人，笑得好不開懷地摟著妻子，向一雙成年子女朗聲宣告：就在這兒，就是這個地點，廿五年前，我向你們的媽媽求婚成功的！

喜氣，一向容易渲染，更容易被感染，新舊儷影照片，讓我一雙眼睛看得發樂，心情隨著輕揚，大概也因為幾天前，女兒在西雅圖山巔，接受吉米的求婚了！

按照西洋習俗，一只鑽戒，出其不意蹦出，讓對方驚喜連連，再單膝跪下，求得同意，同意結婚，這過程越羅曼蒂克越永誌難忘，求成結婚之約，還真得精心策劃又預作巧安排，必有讓對方毫無覺察的神秘性，方為上上之策，而芳心既訂，兩顆心自然也安穩下來，不再猜謎，不再繞圈，享受著落定之後的甜蜜，兩情愛悅地籌劃未來，婚期自在指日可待中。如此一齣成功的真實人生的「求婚記」，怎不是兩性姻緣締結的關鍵高潮？

高潮裡，女孩的表現萬千，一顆傾心答允的當時，表情多為美夢成真又難以置信地，或掉珍珠淚，或瞠目掩口，或舉足蹦跳，或撫胸直嚷……繼而緊擁親吻，猶不忘頻頻偷眼瞪看左手無名指上閃閃發亮的鑽戒，誠為難忘的至情至性片刻！

女兒多次參加大學畢業三年內的結婚第一波友伴婚禮，如今又忙赴剛從研究所、醫學院、法學院畢業同學的第二波結婚潮，甚至，一如她自己所料，躋身於第二波潮，盪漾得洋洋喜氣又快樂盈盈。承她先後轉告諸多友朋的「求婚」與「被求婚」方式，不禁讚賞受完高教育的新一代，粉紅思維一如所學的精進，委實饒富創意並且新鮮別致！

北美媒體曾報導過不少當眾求婚方式，那公眾化的告白鋪陳，需有相當外向又前衛的勇氣去執行，不論是車水馬龍街道看板上的醒目求婚，或高空汽球、或飛機尾端飄拖求婚綵帶，或電視觀眾席、或頒獎節目中，或現場喬裝成卡通人物，突地當眾跪下求婚，或在高雅餐廳的美酒、小提琴手伴奏中求婚……，「兩人有喜，與眾同慶」，當然十分開心，只不知眾目睽睽的昭彰，務求保有出其不意驚喜的隱密性，可還自然？可還容易？

投緣的兩人，情感成熟也通過多方煉試，製造時機，若無其事就和平常一般攜手出遊，於是，機場登機，方知飛往巴黎，登上艾菲爾鐵塔求婚者有之；加州同遊濱海十七哩風景區的岩岸古松處求婚者有之，登西雅圖雷尼爾山巔求婚者有之；感恩節拜訪女孩家庭，飯後兩人外出散步，談得溫馨，兩情暖烘之際，雪地一跪，求婚者有之……，更平易的莫如男孩請女孩坐看她最喜愛的「單身光棍挑伴」的電視節目，自己則用心預做好一頓晚餐，點燃燭光，趁女孩眼睛幾乎黏貼上電視主角之際，一手端餐盤，一手持打開的首飾盒，單膝下跪，「妳願意嫁給我嗎？」一時回不過神於電視演的桃紅甜蜜，在劇中？或是真實？好一個「出其不意的驚喜」！

相互愛戀的有情人，交往期間，走過高低，度過順逆，淌過淚水，也灑落過更多歡笑，自自然然，感情穩當而走成眷屬路。求婚，有如誠心向對方呈上婚姻藍圖，合法實現，則肇始於結婚日，能結成眷屬的有情人，除去情愛以外，夠堅持、有勇氣，還靠點幸運，方能牽緣覓得良伴，求得成婚哩！

〈原載二〇〇四・十二・七《中華日報》〉

結婚波

飛往西岸參加一位友人女兒的婚禮。新郎是位新出醫學院門的口腔外科醫生，新娘還差一年完成眼科驗光醫學位，顯然都才捱過研學辛勤的階段。

年輕一代的華裔，尤其在大都會如洛杉磯、紐約，似乎都忙於學業、事業、或享受單身生活，不到靠近三十邊緣，「婚姻」彷彿還不被列為實際的主意。「今日美國」專刊報導，當今北美男女時行同居而不結婚，除非想有下一代，或已懷有下一代，才會動念頭進禮堂。畢竟社會傳統道德，對組成健全家庭的影響力，多少依然存在。而一般華裔父母，寧可見有理想對象的成年子女，「結婚」而非「同居」，這意願的昭顯，恐怕也高於白人父母之上。

成熟、獨立、學業或事業或兩業都奠有基礎，而感情長期的駐守篤定，結婚便是那適時或趁機吹到的東風——遲早而已。屬於年輕當代的女兒，笑稱大學畢業才一年，已接過五個喜訊，該是「中西部」的特象吧！她預測三年以內，前後屆同學、朋友發來的婚柬，更要頻仍，這股結婚浪潮，她稱為「第一波」，其中又以洋人朋友居多。「第二波」，就要等到廿七、八或三十歲前後，尤其念醫、法律、或高等學位的深造，非得等到有空檔或有財力，才能盤計人生下一步。心想，參加過的新生代喜宴，與上述「二波」印證，竟也大致不差，只不知多少年後，結成眷屬的先後這二波差異，無論是家庭美滿程度或是事業發展情況的相較，可會是研究社會學的專業人士，一個已經或尚未，但極具意義的研導專案？一個不少年輕人會感興趣的統計參考？

有回，觀看奧普拉・溫芙瑞的脫口秀，她的開場白居然是「如今高達六十五%的離婚率，幾乎比一窩蜂流行的『節食』還要糟糕！」現場有幾對成婚五、六年至十年不等的年輕夫婦，分別訴說他們的「婚姻怨」，其中一位美貌憂傷的妻子，歛眉垂眼說道：「當年大學畢業後，順利就業，所有我的大學朋友，開始買看新娘雜誌、成了新娘、有了小孩，我心想：大概已到了也該如此做的時候……。」

聽聽每樁「婚姻怨」的故事，固然各自不同，茫不知癥結，更不識從何著手改進，倒是共象。因同輩紛紛結婚壓力而走進婚姻的夫婦，能否「公主和王子從此快快樂樂的過著幸福日子」，端靠姻緣和運氣，其實過來人都曉得還需要兩方「肯花時間的有心努力」、「因年長而較成熟的溝通技巧」、「用腦、不光憑意氣的冷靜」……近乎老生常談的「知易行難」，把美夢踩在腳下，成為可行的理想，去真實付諸行動，這似乎聽得不忍也不想卒聽，但確是一步步走成婚姻長路、日臻「美夢」、「理想」的不二法門。

按理，年齡與成熟度成正比。越成熟，越穩重，也比較能適當量度或忍讓於難免的爭執與摩擦，一旦有幸結成伴侶的男女，婚嫁年紀不論同是第一波，或同屬第二波，或男女各分屬不同的第一和第二波（按：專指二十歲至三十歲之間的年輕人。）彼此心智成熟，應是基本要件，情感篤定，再加上學業告一段落、工作事業穩當或已有起步得足以成家，「男有分，女有歸」下，正當「結婚東風」吹起的時候！倒是有朝一日，終將成為北美華裔新娘或新郎的父母，雖說傳統洋俗結婚費用由女方支付，據傳聞，禮貌上，仍然男女雙方各付一半為多。那麼，留學生起家，再演為盡責盡力的愛心父母，在付完子女大學學費以後，不論是否繼續支援「再深造」學費，肯定的是，還有支付「結婚費用」一關要過呢！

〈原載二〇〇〇・十二・八《台灣新生報》〉

太太冒煙

太太生氣生得「七竅生煙」，其實，並不渲染。

有回，偶然看見一方通俗幽默圖片，畫中女子，幾筆個性化的畫鋒，凸顯了女人生氣時的醜態，絕妙的是，頭頂直冒出幾道彎紋的不知是煙氣還是火氣？實在畫得很有意思。

果真氣得會冒煙？氣敗壞極時，往鏡前一站，自見分曉。

惹氣的對象，可以是萬千，如果不幸正巧是枕邊人，文章可大矣。實因，婚前婚後，身分由「未定」到「已定」，面對怒氣騰騰的「氣包子」，另一半的表態，自然大不相同。

有幸在一次朋友聚餐上，飽聆眾議，這些位高、多金、多識，而婚姻都已進入十幾廿來年以上的女性朋友，各懷有一套「氣功」藏身，從大家都能「氣」極泰來，人人仍然享有健康的婚姻，看來配偶因生氣而吵鬧，讓彼此雜見溝通交流，雨過天青後，再攜手併肩，反而越發知己親密，那麼，傳統的「相敬如賓」模式，是否有其改寫的必要？或者僅限於「雨過天青」之後的時刻？

朋友中，梅的溫柔、耐心與嫻淑，無論如何也聯想不來，她也會有冒煙的時候，而且能氣得把另一半馬上抓來，吵個清楚，盛怒中，仍然記得只肯摔紙盤、紙碟、紙杯，事後，先生以「她愛的方式來愛她」，買來珠寶賠不是，梅很甜蜜的笑著：「那麼貴！害我只好再拿去還啦！」

明理、典雅的張，表明年輕時，吵得多也吵得頻，廿多年下來，該吵的也都給吵光了，好像也沒什麼好再吵的了，對方的優缺點，對事物的反應，早就了然於心，沒有選擇餘地，完全接受，反而有了海闊天空的輕快！

俗語說「一個巴掌拍不響」，有的太太怒語了半天，先生一邊居然可以不搭理地悶聲不吭，也不領情，頭一著枕就睡著，次日，卻可以很君子地，拋來一句「怎麼樣？想通、想清楚了沒有？」一副大人高高在上，原諒小女子無理取鬧的口氣，實在讓人哭笑不得，太太又怎麼不煙消氣散，以「笑」為一天的開始？

怕只怕的是，不爭不吵，太太生了氣，埋在心底，綳緊著臉，可以幾天不理另一半，而先生忙碌加上粗枝大葉，莫名其妙忽然遭了冷凍，還誠惶誠恐地百思不解，冷戰持續下來，恐怕夫妻雙方都不好過。

夫妻生氣也好，吵嘴也好，或者說「劇烈的爭論」也行，把不滿、不快、不對，交由語言溝通，起碼雙方都得知其中傳達的訊息與怒情，事後能不忘幽默示好，或多做點家事補償，自尊心強的，也或者藉孩子為中間橋樑恢復邦交，總是有例可循的可以發展出一套夫妻復和的方式。但萬萬記住，冒煙時，千萬就事論事，傷言怒語不可過分，除非先生泱泱大度，否則怒言輻射之強，在對方心底投下的陰影，不下原子彈的威力——後患無窮，不信，試試。

〈原載一九九三・六・二十二《世界日報》〉

婚姻裡的寬容

「婚姻生活，如渡大海，風波是一定有的。」已故林語堂先生，於他與廖翠鳳女士結婚五十週年宴會上，曾如此坦率直言，也篤實告訴賓客，五十年的婚姻秘訣，但在一個「讓」字。

他又表明，妻子屬水，水能包容而惠及人群；他則屬金，喜歡衝刺磨礪，並且，自己浪漫如氣球，若不是被妻子拉住，不知會飄到哪兒去。

如果，「讓」能使受過完善教育的心態健康配偶，享有持久的婚姻，那麼，不也挑明了多半的佳偶，少有「天作」、「天成」的幸運，卻多靠些人為的努力？而「凹凸配」的個性互補，表明了所欠缺的特質，是一種奇妙的吸引，也是行得通的雙人輔成組合。

然而，個性相近、志趣相投的夫唱婦隨，不更可取？李清照與趙明誠相互吟唱詩詞的書房情趣，沈三白與芸娘的結伴私訪，都是夫婦投契的浮生之樂。按情理，兩性對人、對事、對物的價值觀，越多相似，便不需太多的重新調適，也很容易相處，因流暢的互通，流露自然愉悅的感覺，相投相近的個性，應是行得妙的相攜搭檔。

話雖如此，感情的事，豈有按理出牌的定論？兼顧了主、客觀現實的因素，什麼樣的搭檔，都屬可能，而盲目與理性的分水嶺，多始於婚姻的締結。婚前以「情」為先，愛得盲目地多所禮讓、不願挑剔、多為對方掩瑜遮瑕、只見對方表現的善美言行、信任地為對方站台……，婚後，反而實

際得常要「據理」為依歸，婚姻裡的測試與冶煉，由是開始。如果次序顛倒，婚前以「理」，婚後以「情」，不知會減少多少的婚姻爭執？但，一般情況下，不都憑情愛蓋過理性的溫柔或衝動，才結得成婚？婚後，終究還得靠兩性愛戀的堅持、情感的深厚以及個性的成熟，才是婚姻裡，願意「忍」「讓」，走成攜手偕老的關鍵吧！

中年以後，相識的朋友或同事，有多對仳離，是非難有定論，難繫的理由也難盡言，其中，又以空巢夫婦，走成分道揚鑣，倒讓我有好不容易熬成苦盡甘來的輕鬆，卻揮揮衣袖、毫不顧惜的不值得！

話說個性、愛好、背景不盡相同的兩性，成家後，共同生活了幾十年，仍妥協不出一套相安的模式，怎不是一樁憾事？仔細再想，年輕時，可以相互努力，潛力足、元氣夠，也因為新鮮有自信可以結成好搭檔，蜂蝶般忙碌過後，子女相繼離巢，正值年歲老大，重獲「自我」之際，某些習性與偏好（尤以不同種族為最）浮上檯面，也許基於「生也有涯，何苦忍受自虐？」的心態，再也不願委屈求全，若對方也不願或不再忍讓，遂走上分手途徑，也是可以理解的。然而，並無外遇下，再不彼此欣賞，回顧過往累積成的情愛、或情義、或恩情、或綜合感情，做了幾十年的尋常夫妻，光是人性裡的「不忍」之心，已難揚長走離。

臨老有伴，是一種幸運的福分。而走成空巢成伴的兩人，是共擁過幾十年鮮活記憶的同伴，也是一道走老了的友伴，更是同一屋簷下，知己知彼、絕無僅有的老伴，若無難忍的大錯大過，讓個步，互許對方保有正當愛好的一點專屬時間和空間，寬容換來好心情帶感激，也是一門偕老婚姻的智慧。

〈原載二〇〇四・七・三十《中華日報》〉

床伴．床畔

夫妻同床共衾，乃天經地義、理所當然，但，多的卻是分床而眠的正常親愛伴侶！分床，並不是爭執所引發不快的賭氣行動，也不因感情出軌，有了問題而避免親密關係，分床，只為了彼此都能安享六至八小時充足睡眠的「協同安排」。

新近讀到一篇報導，北美夫妻謀生，或因日班、小夜班、大夜班不同的上班班次，或因不同的早起鳥、晚睡鷹生活習慣，或因伴侶之一的如雷鼾聲困擾睡眠，或因便於照顧病弱親人，夜哭嬰兒……的種種原因，配偶間相互諒解的分房分床而睡，成了彼此妥協的安眠之道，而此等妥協，不論是經濟寬裕的「分床分房」，或拮据成家的「客廳睡沙發」，全都不屬於「負面」效應，尤以許多退休夫婦，終日相見、相守已很足夠，夜晚各人對睡眠的習慣與需求不一，分床乃十分普遍之事。

無疑的，夫妻同床，製造了相親機會，那種親密、相愛與互屬的感覺，在婚姻關係中，扮演著極重要的角色，分床，顯然減少交流機會，影響了蜜愛，夫妻愛侶的肌膚相親相擁，原是情愛的代言，能伸手可及、觸手可撫，更是心靈相牽相繫的延伸。

依常情，綜合周遭多對年輕的健康夫婦坦言，「床伴」是：清晨甜覺來，伸手一攔，扎扎實實，一個成婚以來，安然與你同床共眠的「床上大玩偶」；是那個夜半噩夢邊緣，惺忪中，會倉皇搖醒你、聽你喃喃囈語夢境的人；是入睡前，閉眼於黑暗中，說說工作、聊聊子女、親友或新知感悟的良伴；更是在沒應酬的周末夜晚，氣氛夠、情致好，床頭音響裡，共享兩人熟悉的歌曲，或者望向窗外，稀疏的星光、搖晃的樹影，枕畔說起往日情懷，低聲笑談糗事，佯嗔搔癢呵氣，直到對方蜷身縮腳，頻呼「停戰！停戰！」求饒的「親密共床人」；雪夜，手腳冰冷時，最適合靠攏、偎溫的「暖熱器」；是柔軟可親可抱的懷中寶貝；更是夜半醒來，難再入眠時，享親密特權，撒賴愛嬌攪大夢，換取擁靠入懷，拍撫重生睡意的「情人媽媽」、「情人爸爸」。

這麼一個在苦惱、無眠夜時的忠實「枕伴」，確是一隻「安夢枕」，一隻溫暖有勁的「尋夢枕」，可以想像分房分床的孤衾獨枕，所造成身心的失落感，對婚姻的滿足感與滿意度，確是不小的衝擊！

難怪婚姻心理諮詢專家強調：分床而眠的夫妻，更需要製造親密機會於不眠的時候。比如入睡前，造訪彼此床榻，起床後，探視、親吻、擁抱伴侶，平日相處時，格外細心付出注意力去體貼伴侶生理以外的需求，藉以保持兩人的親密不變、愛意不墜。

由「床伴」夫妻，種種原因，不得不演成「床畔」夫妻，調適良好的兩方，仍然可以感受彼此肢體的蜜愛濃情，感覺心神的相依相屬，懂得付出，願意彌補，也努力體諒，才是「床畔」夫妻維繫感情不墜的秘方。

〈原載二〇〇二・八・二十三《世界日報》〉

耳邊風

「怕辣」（Pot Luck）聚餐上，一位年輕朋友的笑譚：媳婦不悅於婆婆來美小住時的碎碎叨念，投諸丈夫，丈夫卻說「妳就不會跟我一樣，當它是耳邊風？」

好個「耳邊風」！

如果天下所有媳婦，對婆婆偶有或常有的叨念，全當「耳邊風」—有聽沒進，不擺心上，那就和一般的「女兒」沒差別矣！女兒長大婚嫁，與娘若有摩擦，不都笑而走人，或賴皮不聽，或轉眼就忘，或撒嬌不依，也或者邊嘀咕邊遵奉行事？

年幼時，自認對父母的叮嚀、指示，非常恪遵守教，十分乖乖牌的可愛。及至青年少，忽地長出「自以為是」的先進，弄不清楚是「混沌初開」抑或「茅塞頓開」，常常敵不過身體裡荷爾蒙的激進，忍不住行為表現側目或言語突兀，更會木楞發呆地做做白日夢，耳聽父母、師長的殷殷誨導，卻多有口應心飛，紛紛飄成「好風過耳」的時候，慚愧！如此出格的行為與莫名其妙舉止，仍能頂著「好學生」、「好孩子」的形象，多半還是「大人不計小人過」，蒙惠於長上的大量寬容居多！

人生角色的易位，神妙又自然。

初執教時，目測有些學生聽課不曾入耳，免不了伺機重複精萃以召注意；當上母親，子女幼小，也多為乖巧可人的翻版，進入青春年少，老少一起打陀螺似地各在上班和課業活動間忙轉，有時忙忘了是否說過，有時基於善意，更多時是諸多的「不放心」而多次囑咐……，而今女兒成家，兒子也已就業，回想過往，沒被兩人冠上「嚕囌」、「嘮叨」牌目，可能忙得無暇計較？也許姐弟克制自己而禮貌包涵？更可能是他倆練有「耳邊風」的功力？

輪轉過兩代，我所瞭然的少有惡意的「碎碎叨念」：說方無非把握時機，急不措辭，只想把訊息確切傳達，聽方煩於己身智能的被低估或不夠信任、尊重，於是，言者諄諄，聽者藐藐，「耳邊風」形成矣。

其實，「媳婦」和「女兒」畢竟有別。女兒教而養之，多所了解，媳婦一如女婿，都是別人的子女，不經已身肚腹而來，也不曾育養或供過學費，一朝結親，正常情形下，兩代各以愛護和尊重為前提，共同培養親情，真正懂得，至少比較懂得他們的，是結成連理的兒子、女兒，很少會是隔了一層的「婆婆」、「岳母」！成親前，婆婆、岳母並非date他們的「當局」人，成親後，兩代時興分開住，不經常相見，也不需要共處的情況下，感情能深厚到足以隨意「教示」、「叨念」如自己子女的地步？即使自己的子女，長成婚嫁，恐怕也多不愛聽教矣！

聆聽聚餐上，年輕朋友的笑譚，不免躬自反省，也兀自警惕：務必將輾轉難忍的滿腔愛心「母經」，保留到「有請」再教，方能見著最佳邊際效用！而擴展了的家庭，彼此間適應、互動的親情，若能融洽自在，就如同任何一樁持久的婚姻，少有「天成」的幸運，多靠有心的努力經營與了解，相處果真能練成把有心、無心的非正面話語，全當「耳邊風」飄過，沒擺心上，未嘗不是為人際的和諧，另闢出一條幽徑小道。

〈原載二〇〇六・八・十九《中華日報》〉

為善的秘密

順手拾讀一本小書，雖非經典，卻十分有味。

內述一位法師，對前來求教婦人信徒的提問：夫妻相處有困難……，開導以「夫妻一場，也是一場戲、一場夢，好好對待他，但心裡不要認真，當做在演戲，雖然是假戲，要認真演，要假戲真做」，言下之意，不妨努力扮演為妻之道，越投入、越神似、演得越真越好。

心想：人非草木，真真假假，假假真真，日積月累，努力演成習慣，假戲也會演成了真，加上已成夫妻的情分，感情自趨融洽，法師的明慧，讓人心領神會。

新近在美暢銷的「秘密」（The Secret）一書，作者貝爾妮（Rhonda Byrne）在「人際友誼」一章，也有著極相近的道理。文中彙集了多位仁智名人的見解，標明人先要自愛、自尊，往一己的長處、優點發揮，不必要的自責、自咒，只會讓一己身陷泥沼。與人交誼，鼓勵當事人朝心中嚮往的「人際關係」，在言談、思想、行動、氛圍各方面，去設想、去準備、去製造、去行動，若與嚮往的理念有所牴觸，一定設法改進，久而久之，自然演化成展望的境地。

其實，光揚所長，建立自尊，加上有效的自我為善經營，先讓自己可愛，再讓旁人感覺自身「可愛」，形成了處處無往不利的氛圍，大有類於「自助」「人助」「天助」的緊扣效應，也顯示了由內心產生的假想力量，委實驚人！如果老覺得自己不行、無用、背運……，負面情緒一籮筐的，真可把背都給壓彎、自信給擠扁，的確很難站得直呢。

有意思的是，「秘密」一書中，「人際友誼」的章節，提及贏回或維持友情的獻技：在下面三十天內，寫下所有對方讓你感激、欣賞，而非抱怨、指責的事，比如對方的「幽默」、「支持」、「忠實」、「愛護」……的事蹟，一個月後，心情會呈正面的轉變，試過便知。產生「怨氣」，卻往對方恩、情、義的長處，去回味、去放大，不正是消氣、解懷之道？

中外道理都相去不遠，「秘密」揭開，原來盡在平凡中「不平凡」的巧眼慧見，得以流傳眾人，善哉善事！

〈原載二〇〇七・九・五《中華日報》〉

婚慶

電話裡，艾蜜的聲調，異於平常的甜蜜：「妳知道嗎？昨天是菲力和我的卅八年結婚紀念日。」笑意深濃、癡憨有如戀愛女子，雖然她已年過耳順。

恭喜她後，隨口問：有沒特別慶祝活動？

艾蜜迅速恢復常有的謙遜：「也沒什麼，平平凡凡，菲力還割了草，才一起去打高爾夫球，再去吃頓『老鄉村伯費』而已！」

真實際！先理短前、後院草坪，完成了男主人夏日每週例行公事，兩人才去打球，相伴一起運動後，不開伙，但往「老鄉村伯費」餐廳，依口味揀選挑吃應有盡有的各式冷盤熱餚、甜點加飲料！平凡，卻顯露健康又體貼的真情實意，好一幅平穩婚姻的迷你縮影！

卅八年，相伴守的是同一則婚嫁堅貞理念；相顧惜的是同一對白首偕老伴侶；相牽繫的是同一式愛護關心的深情，「妥協、相容、疼惜」盡在其中，大異於北美時下「合則留，不合則離」的不虧待自己，趁早另起爐灶、另尋快樂而導致了高離婚率。

艾蜜高興的提起兩個兒子寄到的賀卡中，小兒子的卡片，讓她整天含笑：

卡上，是兩個一男一女、相對看的可愛爬步嬰孩，文詞俏約：The secrect to a long and happy marriage?……Pamper each other！（持久的快樂婚姻祕訣：相互嬌容！）

可不是？老小老小地老而還童，有如兩小無猜、無忌地彼此凝睇撒賴、爽坦縱容，怎不快樂？艾蜜又笑著轉述菲力的簡短感受：「卅八年，好長啊！」這位數學教授，連婚慶感言，都可以實際得在兩短詞中間，畫個等號表達，果然簡單明瞭又得全貌！倒是艾蜜不經意的淺話，可窺得他倆持久而耐遠的婚姻真味：很習慣彼此、很自在、很舒服，就像住在同一屋簷下，滿合拍的兩個夥伴！

也許，歷久彌堅的感情共相，多能相互欣賞、包容，感覺自在，近滿足也情願地長駐在締結的婚姻關係裡，這也該是所有奔赴有情天的攜手並肩配偶們，每年一度婚慶時，撫心的共識吧？

〈原載一九九九・九・二十《世界日報》〉

驚喜三謝

從來，都很用心為子女慶生，自小至大，甚至都已離巢求學、做事，積習難改也演成家庭傳統。

年年情殷意切，傳送不變的母心，也要子女明白，不論距離的遠近、際遇的順舛，他們永遠擁有父母無條件的關愛，而出門在外，一分「被愛」的感覺，多少增添了面世的勇氣，也使心情健康踏實，不也屬實？

自承是一位子女「永遠的媽媽」，潛意識已認定上對下愛顧的自然，一如河水往下流走的當然，年復一年，匆忙隨時序運轉，從也不曾想過「慶生」角色，會有堂皇易位的一天。

今年的萬聖節逢周五，分住不同州的姐弟，早於兩星期前，已請爸爸幫忙保密，不對我透露口風，兩人預先各自加班，預趕進度地作妥安排，聯同正巧能配合的吉米，是日下午，三人分別搭機、開車趕回卡城，往約定的書店碰面，再一起回家。

我在家裡，一早便在外子「生日快樂」歌中醒來，上午又陸續喜接好友、大哥及四妹、五妹的越州賀電，心情已十分輕揚，中午外子拎個蛋糕以及滿捧的紅玫瑰回家，口稱託我的福，下午不必開會又不教課，要幫我吸地塵、清洗浴室，算是附加的生日禮物。

嘿！過生日，能有如此的「空巢老伴」，是不容易覺得巢已空了的！

於是，我心安理得徜徉書房，承享這分附送的禮物，直至暮色漸合的傍晚，正當我悠哉神遊伏案之際，樓下外子喊著：他們來了！

「萬聖節給糖」，一向被我視為捧送「甜蜜」，去與眾同歡共樂，而開門迎看鄰街孩童們的化裝扮相，精彩稀奇，更是一項有趣的餘興節目！

趕下樓，我忙不迭端起早準備好的彩糖托盤開門，嘩！有沒看錯？可當真沒看錯？眼前一字排開站立的是來自德州的女兒、伊州的吉米、密州的兒子，三人笑嘻嘻的齊聲「生日快樂」，我驚喜仰笑不已，外子這位爸爸，可以榮獲最佳團隊隊員獎，與子女們默契十足地合作無間，先前還只小小預告「晚上請妳去一個神秘地方吃晚餐」！

擁進三人，笑得不知東南西北地心花怒放，也笑得滿廳滿屋熱鬧亮朗又歡欣，「驚喜派對」果然深具爆炸性，兼具娛樂性，堂而皇之，讓成年子女、年輕朋友、丈夫笑看我高興得像個被愛寵的孩子，其興高志昂，直比子女年幼時為他們精心策劃生日派對上的歡喜一樣，驀然間，恍然頓悟了角色的代換：流年暗轉中，子女已然長成且成熟為回饋的給予者，策劃慶生的角色竟然易了位？

值此歲月正以晶亮的眼眸，一年一次昭明我的增歲，我亦坦然相迎地，首謝母親生我入世，再謝上天賜我平安，三謝能笑擁諸多的「親愛」，領受諸多的「被愛」，深感幸運，不曾想過收穫，卻先那麼栽，且把「慶生」的易位，歸為另種良性循環吧！

〈原載二〇〇三・十二・二十六《世界日報》〉

永遠的媽媽

婆婆媽媽的叮嚀，近乎與生俱來；媽媽的角色，又有如無形的終身契約。

年前感冒，越洋電話裡，粗啞著嗓子才對母親提起，那頭便傳來「有些什麼病狀啊？聽媽媽的話，多喝水，做紅糖薑湯喝，或者青蔥、薑酒加蛋煮麵，發發汗都有幫助。」是的，做了二十六年的媽媽，仍得耳熟地恭聽當媽媽足足六十二年的母親不變的叮嚀。

在母親面前，子女永遠只是她眼中不曾長大的子女，儘管外貌、身分、權職、婚嫁、年歲……多所轉換，她執意地認定這層天經地義「永遠的媽媽」的職責。

成長期，或多或少，曾經不領情於被傾注過多的呵護，多少回，不耐煩於過分的關切，直至婚宴幕落，賓客散盡，母親握住外子雙手，依依交代：「我把女兒交給你了，要好好待她、照顧她啊！」忽然，我滿眶潮熱，矇矓眼望向母親雖離去猶屢屢轉頭回看的旗袍身影，我簡直不願相信，廿多年不斷關愛我的媽媽，就這麼漸離漸遠地走出我的生活？

不是的，即使千山萬水又大洋遠隔，母親總讓我感受到她不變的「母心」，不渝的「愛心」，感冒叮嚀，便是其一，疊複的愛顧，恰如我對長成的外地子女教曉他們早已能背的提示一般。

熟友蘇，育有兩名成功的名校醫生兒子。她笑對我轉述，有回，大兒子輪休返家，夜晚肚子餓，取食母親特製糕餅，吃得津津有味之際，母親這廂發話：「吃完點心，記得刷牙上床，

牙齒才不會壞。」大兒子登時笑倒：「是啊，媽媽妳就像上次教我，頭痛時可以吃阿斯匹靈一樣有趣！」

小兒子醫務繁忙，母親下廚炒他愛吃的米粉裝盒相送，恐怕放冰箱多日，沒時間加熱食用，蘇又對醫生小兒子囑咐：「放在你冰箱的米粉，吃前先聞聞看，如果有怪味，一定要倒掉，免得吃壞肚子！」

熟友說，小兒子聽了笑得樂不可支，直呼自己的母親了不起，會教學醫的兒子怎麼避免疾病、保持健康！

母心的關懷，與生俱來，一紙無形的終身契約，不論地老天荒，母親，是子女「永遠的媽媽」。

〈原載二〇〇三・二・二十八《世界日報》〉

寸草春暉

今年的母親節，兩個成年子女都沒能回來，一個必須到別州出差，一個得為新娘的好友開「送別單身」派對，但都預先禮到、電話到的表達了心意，足夠安慰啦！

倒是自已趕早打個長長的越洋電話，向老母親例行問安、賀節而後話家常。

老年人難免寂寞，尤其摔跌、開刀後，仍不能久坐、久站、久行的情況，常現陰霾多過陽光的心情，是遠地子女心頭的記掛與不安，一點風吹草動，馬上形成難眠之夜，也許人入中年，本就容易失眠吧。

既然老母親不願、也不方便外出行動，電話裡，陪她重遊舊地、重憶往事，也算醒腦敘舊。絮語起那年父母親來訪當時還住在加拿大卡格利市的我們，兩老相伴步行到鄰近商場，逛看手工藝品擺攤，憑手勢、表情溝通，母親向洋婦人學得勾織小蛇、甜心袋、兔子、玩偶小藝等新奇的編織方法，回家後，馬上拿毛線勾織小玩意、小背心送給孫子女。

母親聽得興味，直說：「對！對！那些洋老太太都好會勾東西，也都不小器教給我！」我連忙接話：「兩個孩子到現在都還留著外婆送給他們的小背心、小兔子和小蛇！」母親的手藝，仍能被孫輩收藏，相信她心情定然光彩。

趁著歡意，我誇讚她的從觀察中學習，到現在還是子女們的好榜樣，又如兩年前，母親承受九小時的脊椎大手術，出院後做復健很痛苦，都能咬牙堅持不懈，以她的年紀，確實不易。「媽！妳很了不起！」我誠心捧她。母親欣然自道：「妳不知道喔！那時候，我兩腿痠痛又麻，麻得都好像不是自己的腿，抬都抬不起來……。」

八十三歲的母親，出浴室不慎摔跌，脊椎第十二片碎裂為四，開刀後，一心期盼復健完就能重回以前的俐落身態，然而這場大手術，刀痕尺餘長，從腰側橫隔膜開入，推離肺葉，往背脊椎第十二節，拿除碎片，裝人工椎盤關節以鋼釘鎖定。部分神經系統難免受損而失去知覺，使得術後雙腿麻痛無力，母親的俐落期盼落空了，兩年的努力自我按摩腿部、甩手運動、拄杖走路復健，間歇還發生呼吸不順、心臟衰弱、腸胃出問題而住院的病事，但素性堅強的母親，也都走了過來，只是行動不便，寂寞地伴著病痛度日，心情的低落，自能想見。

母親喟然而嘆：「吃得有限，穿扮早沒興致，沒體力，有錢自己也走不出去、買不到東西。」她還告勉我，想做的事，比如旅遊，一切趁早、及時，別等「子女安定後」、「退休有空時」……。而我在這頭直歉疚。出事後，住得遠，一年幾次長、短期留住相伴，也終得離去回美，無法經常回去陪陪她、講講話。不過，逢母親節，隔洋還能打電話，還有機會叫聲「媽」，還聽得見老母親應答的聲音，心頭總還是安心，也好過些。

〈原載二〇〇六・六・十四《世界日報》〉

斜陽親情

返台探視親友。成長中的下一輩，與年老中的上一輩，變化最是顯眼，而距離上回見面，其實還不到兩年，記憶裡的印象與實際的面見，已大有所別。小輩的成長，讓我滿眼驚喜，謁見長輩，我心底泛著感喟，尤以回家，會著年邁雙親，喜悅心情摻雜著淡淡傷感，假期結束離家時，擁別父母，更是沈甸甸地不由得的難過！

父親八十大壽時，耳聰目明又幽默健談於壽筵中，他熱鬧地參與談話也和子輩說笑，當主講人，當統領者，歡聚裡，屢現當年台糖主管的雄風。八十八歲米壽，父親的體力、聽力，明顯衰退，壽宴的聚敘場合，顯然的行動緩遲，多一旁靜觀而少發言，常在眾聲哄堂大笑時，獨見父親不知所以的表情茫然，明知他不習慣戴助聽器，又聽不見或無法辨識語音的重聽，以致影響了正常應對，雖然他心裡可再也清楚不過、腦裡也明白得很，我卻看得好不惆悵，過一年，這趟返鄉，陪著拄手杖的父親在廠區散步，步履依然踟躕，聽力仍然差強，神態則多顯歡意，走著、踱著，我忽然切切懷念起生就一付偉岸身軀的父親，往年健步如風、言談靈犀豪邁的身影……。

見一回、算一回，回回眼見親長又更衰老體弱，自己卻無能、也無力為他們贏回體能、挽回歲月、甚至停止老化，純然是一種束手無策的痛。

長生不老的藥自古難得，握得住的，是年歲漸厚以來，對父母長遠的孺慕親情。坐在父親聽力稍靈的左側，陪他慢慢地有一搭、沒一搭地閒聊。

父親說：「活動」這兩個字真好，要活，就要動！

我附和：正是荀子勸學篇的「流水不腐，戶樞不蠹」的意思。

父：七、八十歲老婦人，還穿得大紅大綠，抹胭脂、搽口紅的，妳覺得怎樣？

我：好氣色呀！色彩幫助生機、朝氣，年老多打扮，顯得有精神又可親、可愛呢！

父：坐自助輪椅，帶氧氣管筒，還在外走動，對民眾多不方便。

我：國外醫生都鼓勵輪椅病人由家人陪伴，去公園蹓蹓，或去超市買菜、購貨中心看櫥窗展覽，心境會開朗，相不相信？民眾多半好意自動讓路！

離台近三十年，記憶中，好像還不曾和律己嚴謹的父親，有機會這麼貼近的父女親切對談，年高，柔軟了父親鐵漢的形象，父親確是越老越溫和了。

母親尚稱康健，小父親八歲，長伴左右，當父親助聽的耳朵。六十多年的夫妻，相互愛顧了一輩子：年輕時，父親衷心呵護母親，老來，母親義無反顧，當起父親的「特別護士」，照料他三餐、提醒服藥，連入浴都守在外廳座椅，守候父親浴罷出室方安。「需要」與「被需要」的共識，撐持扶助伴守的晚年歲月，獨立的兩人，住在一樓一底的糖廠專為退休人員輔建的洋房近三十年，不假外人的灑掃炊洗、園藝盆栽，加上每年春節前，父親必躬自刷新前後院紅漆大門與陽臺欄干，保持了父親自訂的家門前瞻後觀，永遠以朱漆紅門、紅欄迎客的精神。

這趟返鄉前，曾電告父親行程，電話裡，他歉聲說：「爸爸沒有用了！腳走不遠，幫不上忙。」他要我打電話給晟弟，請他撥空接機。其實，國外住久，已很習慣不麻煩別人，從機場回家？叫計程車便是。我只是想告訴父母行蹤罷了，父親卻是一貫的主管作風：凡事預作安排、設想周到的心態。

而後相見，父親語氣幽幽地：「老，就是你要腿往東走，它偏不聽話的往西歪！」我低頭不語，掩不住的傷情，讓我想起「廉頗老矣，尚能飯否？」的滄桑無奈。

海外成家的步調栖惶忙碌，常無暇細想，只覺得，心眼裡的父母親，是不會老、也不該老的，他們永遠在那兒為我們鼓舞、打氣、含笑迎歸。怎知奔波忙過，巢也空了，驀地警覺，自己居然有點年紀，父母親竟然也已體衰年高，感觸莫名，兒時往事歷歷，親情聚散依依，當飛機穿越雲層直上時，我心頭也一片剔亮：把握時機，盡可能每年省親去！

〈原載二〇〇二・十一・一《台糖通訊》〉

西斜的落日

雙親獨立居住的前院，有一棵三十多年的桂花樹，枝葉直頂上了二樓欄杆。父親坐樓下望樹興嘆：沒力氣去修剪，桂花樹把院子都擋暗了。

父親邁入九十歲以後，肢體機能，明顯老化，雖然頭腦清楚明白，卻力不從心，以致心想事不成，修樹就是其中一樁。素性獨立、不喜求人，而今沒來由地，時常懊喪、嘆氣，神情落寞又消沈。釣魚、逛街，早已不行；種花、養蘭，已成過去；散步、家事，都有困難，行動緩慢，加上聽力掉損，眼乾不濟，牙齒脫落，連零食、老酒，逐漸都沒了興致，實在很難相信這就是八十八歲壽宴上，能從座椅自行起身，侃侃精簡致謝，深具當年台糖總管丰采的父親。

台灣八月，客廳冷氣流泛，小睡過後，父親拄杖落坐沙發，與我話家常。他說著、談著，不到二十分鐘，話，開始散亂難跟，上句才講完，下句已不知彎到哪兒地，直向我致歉：「爸爸真是糊塗了，顛三倒四又夾來纏去，話都說不清楚，電話聽不清也不會打，像現在，兩眼皮不聽使喚往下垂，很想睡，進房去躺又睡不著，真成了沒有用的老廢物！」

精神好時，他追看一、兩齣電視連續劇，偶爾吃點旁人代剝好蒸熟透的花生，熟軟的水果如木瓜、西瓜、哈蜜瓜之類，氣氛輕鬆時，他會帶著笑意，自我解嘲為「過一天算一天」，我也順勢哼哈「是啊，要不然過一天要算兩天？」很少外出，侷處於客廳、小臥房，空間有限，體能也差，日子的確難過又難捱，戲言過一日算數日，真不知該是「加速」？或是「夠本」？

原本一七二公分的身量，已彎垂縮成兩手長過兩膝，又由於行動不便，父親每天做最多的運動，便是撐握沙發椅靠手，奮力再三，才離得了座椅起身，而後偶不拄杖，短距離勉力晃行的背影，就像搖盪的咕咕鐘擺，陟澀的「突」「突」鞋磨地聲，竄入耳裡，每一響，都有如對月的嘆息，我終於對「寸步難行」有了深刻體會，那個來去如風、身形氣派的父親，已然走入歷史，猛一回想，十分悵惘！

暑夏燠熱，客廳裡斜映的日影，仍然燦亮，而蟬聲刺耳，助威似地，不斷提醒我久違、但並不眷念的暑熱。坐我斜對側按摩椅上的父親，灰白雜黑的兩分頭下，雖歷經歲月也仍然耐看的五官面容，正無目的地瀏看牆上一排橫裱的七個子女方帽照，欲語無言的安靜與寂寥，卻教霸氣的蟬聲，一聲接過一聲地突破掀翻，我實在很想念往昔回家，較年輕時，那個豪邁、爽坦的父親，那個會開開玩笑、常有捧腹妙語的健談父親，那個會騎著摩托車，獨立行事，等不及紅燈轉綠而彎進加油站借道繞過的頑趣父親……，國外三十年，少有機會回台與親人長時間相處，一向熟習的父親形象，怎麼宛如瞬息間，就只能在記憶重溫？

如果人的一生，有若太陽行空，那麼，九十二歲的父親已走成西斜將隱的夕陽，日常的穿衣、扣鈕、進食、洗澡、如廁，仍然勉強地耗時費力，每樣都當大工程般，努力自行操作，間或家人與越傭也多少給予協助或代勞，然而，並非自願，父親已逐步朝自主妥協，把素好遺落，將雄風揖讓，向獨立揮別……。

一位老洋友，曾經笑嘆：「邁老不是容易事。」（It is not easy to grow old.）許多病痛自動叩門，或多或少的肢體磨損兼折舊，無不需要醫療的修補與換新。如果七十歲的洋友尚在「進行式」的邁老，難不成父親已是近乎「完成進行式」的老邁？明知生命終究有個極限，卻也難忍一旦永別，便再也難相見的痛與失落，鴕鳥地，我寧可相信父親只是走得長遠，也仍在進行中的更加老邁而已。

閉眼身坐返美的高空機艙裡，眼前浮現坐按摩椅上的父親，以下頷支靠在雙掌疊握立地的手杖頭上，一雙褐色泛灰的大眼，晃漾著茫然無助，乏力無奈的一瞬瞬眼神，我咬咬唇，眼淚終究還是無聲地淌下了臉頰。

〈原載二〇〇五・十二・一《中華日報》〉

年憶

父親喜愛逛街。較早時，騎著腳踏車，後輪上方有方格鐵架，可載客的那種，而後換摩托車，不論是人力或機動，這兩輪的延伸，在三、四十年前，對他，有如出籠小鳥的自由，出廄跑馬的無羈，帶給他豈止是飛、馳的快感？暫離繁複的九口之家與費神的總管工作，隨意之所趨，走馬觀花；隨興之所至，買點超值物，簡直是另種心緒的放鬆，更像小度不花旅費的迷你假！

印象中，逢週末假日，平常走路上班的父親，喜歡一早騎車溜出門，號稱運動，實為逛街，然後載回北方小店特製的燒餅、油條、鍋貼、烙餅、花捲，喜孜孜地呼大喚小快來享用，餐桌上，聽他意興飛揚說著早晨的街市風光，容易滿足的愉快神情，至今難忘。

最是記得歲尾過農曆年前，他會提早下班，換回家常便服就往露天市場巡訪。尤愛大手筆買下近晚僅剩寥寥幾位菜販的餘貨，不講價、全包買下多呈殘敗、碰損的果菜，取出預備的袋、繩，巧思靈動極具創意地往鐵馬或機車上，前綁後捆，滿載而歸，母親難免邊叨念、邊削除、邊丟棄，父親卻也不改他的好心情，笑開的臉頰，訕訕答道：「也讓人家好早點回家過年啦！」

這齣老戲，農曆歲暮年年重演，「母親不堪其買，父親不改其樂」的景象，逢過年，便成為心頭永遠的回味。過往的隔洋賀年，總記得以家鄉話，戲問父親：「除夕前，去挾貨，買辦沒？」父親的呵呵笑語，傳入耳鼓，熟習又安心。近年，父親耳背重聽，已難講電話溝通，買辦的戲言，一旦難以聲音傳遞，十分悵然，不知高齡九十有二，蹣跚移步的父親，可還想念過往逛街的意興？過年的豪舉？母親去年出浴室摔跌後，健康折損，健步已改為輪椅代步或手杖輔行，八十有四的她，如果時光能夠倒流，轉回未受傷前的俐落與心情，經過八年抗戰、習慣節儉的母親，不知可還有興致，叨念過年挾貨、棄貨的往事？

〈原載二〇〇六・元・二十八《中華日報》〉

此牙．彼牙

取棉花棒沾減敏藥水搽過牙齦後，再以麻醉針熟練地往右下大臼齒的裡外側分次注射。潛意識的刺痛，迫我兩手有如聲樂家施展歌喉般，自動互勾緊握。

「好了，放輕鬆，待會兒我再回來。」牙醫掩門而去，獨留我躺臥長椅上，呆望天花板，木木然感受那該有的麻感，一分復一秒，半點再半滴地擴大，滲透而漸次進駐了整個下巴。

再進門的牙醫，以專業口氣略帶警語預告：「等一下拔牙時，妳會聽到一些碎裂響聲，不用在意，順手我會在牙齦上稍作清除。」

「會不會很痛？」老實說，真有點膽祛。

「不會。」全然一付滿溢信心的開朗回應。

半閉眼，感覺著銀針撬動、鐵鉗搖拔脆裂聲、吸血聲、刮牙骨、線縫穿牙肉……。都是例行牙檢帶出的外一章！那X光片上，顯露已抽除過牙神經又加鑲蓋的大臼齒下，有兩支牙根鄰側出現陰影，換言之，此牙已被細菌感染，有可能隨時出狀況，也威脅周邊牙齦骨的健康。難怪偶嘗辛辣食物，此牙會有浮異感！隱藏的病灶，怎能不予理會？一朝發作，整個作息、心情頓受影響，當然趁有空檔時，早作安排。

半睜眼，明晃著一來一往縫合的巧手，背襯出一張專心又自信的臉孔。「都好了，妳沒事吧？」聞言，我只能咬著紗布，從牙縫發聲道謝。

一個月前，才訂到的拔牙預約，結果這位聞名的口腔手術專科醫生，前後以半小時俐落完成任務。望向手術盤上的臼齒，尖尖的牙根上還殷殷帶血，心頭閃過一陣寒慄，這顆牙的生命，只因沒遇上好的根管治療牙醫，一再耽誤，從此正式退位，比起上次返台，帶父親上診所拔除一顆為他服務九十三年的鬆動老牙齒，我這牙，只能算是「服務未滿，率先告退」的幼齒！

父親滿口僅剩五、六顆牙齒，那一次回家，見他右下方一顆側牙，搖搖晃晃，讓他常不自覺以舌尖抵觸，不但進食不便，不時以手指觸摸也不衛生。未曾預約，但趕早與小五妹開車帶去拔牙，我護架著蹣跚難行的父親走進診所，排在父親前有四位病人，極富人情味的禮讓父親先看醫生，牙醫謙和又敬老，在父親重聽的耳邊，陸續一步步邊動針刀，邊預先告知過程，父親在躺椅上極為馴服地配合，情況順利。完事後，父親口咬紗布，帶笑頷首為謝。也仍記得回家進門，父親吐出的紗布上，血跡不多，大概「年老血氣衰」吧，中午進餐，父親渾然忘卻才拔過牙，戴上假牙如常咬嚼，沒事般，也沒聽他說痛，漱過口進房休息，反倒是我急趕進去，讓他吃片消炎藥才安心。

父親那顆拔落的九十三歲牙齒，堪稱盡其在我、竭盡其用，有如一位叱吒飲食沙場九十三年後，「服務圓滿，功成身退」的頂級將領，滿披榮耀光環，退休了。老掉的原生牙，確實比早凋的鑲蓋牙，有能耐！

〈原載二〇〇七・元・十《中華日報》〉

飛行萬里路

很習慣搭機看書。坐在轟然且單調的機聲裡，以一分平常的安靜心，神遊書本，原也只想消磨枯躁，將時間打發，有時偶看得醒眼章節，閉目反芻，有所啟發，也是長進。

目前搭機，隨意抓本逾期沒讀過的《讀者文摘》塞進背包，內中有篇文章，極富涵意，它提示解決困難，驅除煩惱最好的方法，便是暫且放下苦惱，改做他事以調離注意力。比如外出打球、快走蹓狗、健身房運動、聽音樂、看場電影，甚至進書店、逛商場，都是移情以悅性之處，而後，再回頭看先前縈心焦額的困擾，自會有不同的理解觀點與領會角度，問題遂得以順勢解決。

想來「換另一種心情」看待問題，正是不鑽牛角尖、走出牛角尖的明智之舉，這道理的延伸與擴展，不就是旅遊度假？西方國家注重每年度假，東方國家也時興休閒旅遊，在長見聞、增交誼、開眼界、添寶物……諸多冠冕堂皇的好處以外，暫且抽離日常規律與熟悉環境，換個空間，讓情緒舒散，見見不同的人、事、物、地，心情放鬆，似乎人也聰明伶俐起來，心情不同，回來面對同樣的物、事，相信過招、應對，必也有所不同。

飛機上，書看得兩眼疲倦，便閉目冥想，意欲所及的喜怒哀樂，盡隨思想馳騁如平原走馬般難羈難繫，那又是另種神魂出竅的「消遣時光」。數日前，老父親中風病危，我緊急返台，機上閉眼回想過往與父親的種種互動，親切情近而將難再現，淚水從眼隙滴滴淌落，如今我想起讀過的

《Tuesday with Morri》一書，病殘的莫瑞（Morri）告訴每逢星期二探望他的密奇（Mitch），一位往昔課堂上教過、親近過的學生：「死亡是生命的終止，並非情誼的結束。」（Death is the end of life, not the end of relationship.）。

我深知九十三歲的父親，終會有永遠離我而去的一日，但親情恆在，他會一直住在我心中，永不缺席，就如同有位心理學家疏導哀傷患者的「寶盒收藏」睿言，我對父親的敬愛，將被我小心收藏在心底的某個盒子裡，即使不天天打開，但都在那裡，也永遠會在那裡，永不止息也永難殞滅……。睜開眼、彷彿看見老父親對我展露淡淡的特有笑容，慈性又寬和。

飛機上看書、冥想，而後小睡數小時，非常自我，十分安然，除去肢體長坐的不適以外，長途飛行，可謂人生旅程上的真實旅途，當然，可供旅途消遣的方式極多，我試過機上看報，自覺紙張占用空間稍大，摺疊污手，抓報不易；若以電腦工作，又少點隱私性；與人交談或玩牌，難免影響前後左右鄰座的安寧；閉路電影如果投合，確能「忘時逝之速」；否則觀察機艙旅客、空服員百態，也不乏趣味。

藉飛行，多少窺見或領悟些片斷人生，該算是飛行萬里路的「飛學相長」吧？

〈原載二〇〇七・二・四《中華日報》〉

天暖了

天暖了，在車房壁架上尋找園藝用品時，一只花草噴水瓶在眼前一亮。普通的白塑膠瓶，側有C.C.刻度，凹處的手把上方，穩插以藍嘴紅座的噴水瓶頭。這平凡不彰的「骨董」，是父親給的。

十多年前返台探親，與父親閒話家常時，聽我說起拿濕布擦拭室內植物葉片，他馬上問我要不要噴水瓶？家裡有兩個。還記得與父母親住同城的晟弟，當時一臉不以為然，要國外回來的帶噴水瓶回去？拜託啦！看著父親滿臉的好意和興致，我稍猶豫了兩秒便欣然同意，雖然我早有大、小噴水瓶在家中。也不記得這噴水瓶怎麼會放到車房架上，大概用不到隨手擱著也就忘了。

我重新裡外洗過，裝水的瓶身，滿有分量地沉，噴得興起，水珠匯成流，緩緩淌下葉片。我想起兩年前，暫住香港半年，得空搭機回台，父親已九十一歲，行動遲緩也做不動園藝，聊多了，我趁他小睡時，陪母親上樓整理衣櫥，流連於整理衣飾帶出的許多回憶，說說笑笑，好不愉快，父親醒來見我們久不下樓，居然破例手扶欄杆、半攀半爬也上了樓加入我們的談話。

他說：「我和妳媽都這麼大歲數了，妳就挑一件妳媽年輕時親手做的旗袍做紀念吧。」又說：「這回見妳，下回也不知還看不看得到妳了。」父親的雙眼紅了起來，老淚盈眶，老年人的易感又

脆弱讓人心疼！為父親拭去淚水，我輕環他、拍撫著背，保證短期內、返美前，都會再回來探望，父親淡淡地又有了笑容。

我不曾食言，兩個月後、離港返美前，果然再度回家探望。父親似早已想好，拿出一對赭紅色的核桃送我，那是他在北京上中學時買了練掌力的貼身私玩，玩久了，顏色越發暗紅。我考量父親日漸退化不靈的雙手還用得著核桃，請他自己留著用，推來推去，核桃掉落了地，見他堅持，我只好收下。父親不看重物質，不擁私藏，卻讓我留有一對七十多年歲月見證的信物，我很能感受他的心意。

九個月前父親突然中風，急救後便癱躺在醫院附屬的安養中心，已不能言語。我多麼希望能再陪他一起聊天，聽聽他的人生經驗、老來感受……。

〈原載二〇〇七．七．十三《世界日報》〉

把愛傳下去

「謝謝你們回家來探望！」邊環擁、邊拍拍他的背，我聽見丈夫這麼對他的女婿話別。

三年前六月下旬，我回台探候獨居的老父母並小住三個多星期，丈夫往大陸忙完公事後，繞道返台，颱風天裡趕來會合再一起回美。

久已不肯外出的父親，早一天竟然要我以輪椅推他出門，去了鄰近的台糖超市，才知道他要買「台灣啤酒」，金牌的；礦泉水，台糖的。好了，各買一箱，挺重的，怎麼搬回家？我只好倚賣父親年高德望：九十二歲，台糖高職退休後長住糖廠社區，央請有禮又敬老的售貨員破例代為送貨。

走出冷氣超市，熾熱太陽下，才一會兒，汗水便涔涔沿帽簷順著髮際淌流，「幸好為父親戴了頂遮陽帽」我兀自安慰著，輪椅中，身形龐重的父親，感覺出我穿低跟涼鞋推輪椅的用力，時而發聲：「爸爸過重，讓你吃力了。」「大熱天，真對不住啊！」父親的道歉語，讓我惶然得難以承受，口雖答「不會，不會啦！快別這樣說！」內心卻帶著幾分錯愕，這怎會是我印象中，尊他如師長、討他歡喜、繞他為中心的「長官」父親的口氣？

晚間聚餐時，父親對著滿桌豐盛，開啤酒為女婿接風，他舉起金牌台灣啤酒對外子說：「謝謝你讓我們借有安蓀，讓她陪我們三個多禮拜！」我同桌喝著瓶裝台糖礦泉水，暗忖：不知丈夫這晌可也會錯愕於父親的謙詞、有些難以承受的惶然？女兒陪侍老父母，不都人倫得天經地義？

返美後第四十九天，父親中風入醫院，從此再也不曾清醒迄今。我卻永遠記得三年前，父親神智清醒時，與他共處的最後一個夏天，那個大太陽下，克己有禮的父親，那個餐桌上，不端架子、心懷感謝並不吝向晚輩言謝的父親！

愛，是會流傳的，表達謝意的愛，也是可以代代傳承流轉的。

〈原載二〇〇九・四・十四《世界日報》〉

輯五

華年生活

巢空的時候

兩年前，買了件饒具意味的寬大T恤：竹籬花架上，疊羅漢地畫疊了四隻雀鳥。最頂的一隻，笑喙翹揚，圓眼展翅，鳥爪踩在下一隻雀鳥頂上，好不輕鬆自在！次頂的一隻，稍感額頭重量而眼瞼微斂成厚雙眼皮狀，鳥喙自然地闔閉，無可無不可、不怎在乎似地。第三隻喙嘛腮鼓，鳥眼也因頂上雙倍重量而垂閉成三分之一微開，頗有負荷但能勝任的表情。最底的一隻，閉眼扁嘴，腳爪大開，鳥頭部分陷入身腹，負重累累猶鼎力穩持底座地克盡職責。還記得第一次穿上身，與他一起晨跑，他澀然笑說：我就像那隻被踩在最底下的老鳥！

今秋，連頂上最幼雀鳥也飛離外地上大學。巢空了，有形的頂頭重負消釋，從此外出逾時，或短期旅遊，再也不必牽掛家中的幼子，海闊天空的自由，又怎會只屬於離家的子女？

日子回歸當初剛成家的兩人時光，簡單又容易。回顧異邦廿來年的有類雀鳥生活：忙碌地啣枝築巢、孵、餵、教、養，乃至雛鳥盡皆飛離老巢，當巢裡空剩老鳥兩隻相對時，不禁仰天長笑：「繞了一大圈，原來還是你、我兩個！」不同的是，沒有了年輕時的光鮮風采，鬢髮微霜，額頭不再有彈性，不再平滑，敢情是過往頭頂雀鳥重負擠壓所致？他含笑拍拍我肩，只肯承認「老一點，但也聰明一點」。（Older but Wiser）

如果說，子女在身邊十八年的生、養、教育，是當父母的義務與責任，值此巢空時候，怎不是屬於父母鳥們，心無旁騖地充分發展自我潛才美景的大好時光？已然克盡父母職守，且讓大學與社會，繼續接力幫助離家子女再成長、再成熟，於老於少，又怎不是件歡喜事？

臨離巢前的闔家四口宴聚，兩兒女不約而同相互對望答問：「當我們都離家後，爹地、媽咪兩個不知要做些什麼事？哈，我知道了，做更多的旅遊！」果然，知父母莫若子女，旅遊固然是素性愛好，可也還有不少雀躍的興趣想試呢！暫且賣個關子，留待日後，讓離家子女拭目驚看，那才有意思！

美參議員，也是前太空人葛倫，以七十多高齡，又重溫一趟太空行，以裨益耆老對太空適應的研究；前美總統布希，從一萬三千呎的高空跳傘慶祝七十五歲生日，他的名言是：年紀大的人，仍然可以做好些有趣事，何妨勇往做去！（Old guys can still do stuff, and you might as well go for it.）

半百人生，離兩位名人的古來稀高齡，尚有一段距離，雖不至於斗膽又不自量力上太空、跳降落傘去嘗鮮，然而，雛去巢空時候，因靜而定而思，周遭多少椿朋友的婚姻、健康、財務，竟亮起了黃或紅燈，細觀悟得鑑戒，直覺子女離家，正是進入好好去取悅、去寬待、去照顧自己和伴侶的階段，專注培養所好，保健康，審計財務和規畫退休之餘，也留得閒暇，與一路行來的牽手，相攜伴作「雙人遊」，共向社區、親友，和好風好水勝地延展觸鬚，心境寬坦，喜樂湧生，是盡過父母責任後的寬懷，也是經驗閱歷累聚成的自然，巢空後的愉悅與平和，怎不是中年人自適自得的新階段？

〈原載一九九九・十一・二十八《世界日報》〉

樂捐與義買

都說小城親切，尤其中西部的小城，不僅鄰閭相熟、百里面熟，小城方圓數百里的相識，時不時便會在某個公眾場合碰巧遇見，見面時熱腸子的笑口寒暄，帶動著暖呼呼的氣氛，難怪一位從都市來的朋友見識過後，訝口驚問：「怎麼好像每個人都相互認得？」其實，即使不認得，途中遇見，微笑說「嗨！」或早、午、晚安隨口奉上，都是友善的常事。

想必是緣於這分「親切」、「似曾相識」、「相識的相識」，所以免不了便會有襄助公益活動的人情。早先，臉薄皮嫩，常不好意思說「ＮＯ」，事後又「唉呀」個不停，止不住怨懟自己「行不由衷」的行徑。

捐過一回，以後年年都在他們的郵寄名單上，並且，不知怎地，冒出相似的愛心組織，也都來募捐。後來索性統一辦理，每年捐一筆給「United Way」總慈善機構，請其他慈善單位逕向總部去申請款項，唯獨，對兒童、青少年的上門義賣兜售，委實「ＮＯ」不出口！

藍眼金髮女孩，嘴甜的請妳買女童軍「庫奇」甜餅，巴巴提供各式口味，有禮又可愛，能不買？小男孩們為出城比賽棒球、足球籌資，稚氣的臉龐，熱切又渴盼，好吧，巧克力、筒裝爆米花又義買下來。初中生為籌助學校增設電腦設備，請幫忙認訂雜誌，是啊，電腦教學豈能落後？這中學還是舍下兩個孩子的母校，就訂一年吧！青少年交響樂團經費籌款，請樂捐、請義買柑橘和葡萄柚，請付費讓會員為你們洗車……怎能說「NO」呢？多年前，兩小孩都隸屬過這個樂團，是該回饋感激的！

高中生為舉辦校際活動，義賣新鮮麵包、小學生籌班費請慷慨認買聖誕應景禮品，甚至鄰居小孩拍門兜售自家後院夏日收成的番茄、青椒、小黃瓜、茄子……，巢未空前，子女輩朋友進進出出，消耗食物，從不是問題；巢空之後，零食若盈櫃，轉送也嫌麻煩，還是步上處理「慈善基金樂捐」的後塵，把仁心善意的婦人之仁，統一辦理，對上門兜售的孩子們，說聲抱歉，但捐點象徵性的整數，請把東西拿去賣給別人吧！

〈原載二〇〇二・七・五《世界日報》〉

「過敏」惹禍

過去一年，頻於當美、中國際與國內航線上的「空中飛人」，發現往昔「聯合」航線上，空服員給的飲料和小吃，如花生或其他乾果之類，多被撲瑞丑（Pretzel）鹹餅棒取代，高空上，嘴淡口饞時，望著這小包「雞肋」，兀自揣測：這是迎合低卡健康趨勢？或是航空業試著降低消費成本？還真想念花生的撲鼻香味呢！

今晨讀《今日美國》報，重提去年十一月時，因對花生過敏，導致加拿大一位十五歲女孩，與幾小時前，吃過花生醬三明治的男友接吻，數日後，不幸死亡的「吻死」事件。據估計全美對食物過敏的民眾，已超過一千一百萬，其中對取食容易且價廉的「花生」及「花生醬」過敏，常在尚不知情的孩童年幼期發生並且延續至成年……，另外又報導有一名正就讀康州衛斯理大學的大二女孩，與男友接吻五分鐘後，嘴唇開始發麻、舌頭發癢，獲知男友才剛吃過冰淇淋，這位自幼對乳製品過敏的女孩，馬上吞下一顆去過敏藥，並在大腿打一針抗敏劑以防嚴重過敏發生。

看來，因食物過敏而惹出的禍，真不能等閒視之！

雖然，我仍不確知為何在美國境內的「聯合」飛航上，不見了「花生」蹤影？心裡自是隱隱有幾分明白，飛行不都以少生枝節、安全平順至上？

空巢多年後，好端端地，近月餘突然對食物過敏，經過皮膚測試，「過敏原」竟達十一種之多，並且還都是從幼小吃到老大的食物，其莫名其妙之謎，恰如來美的第十六年夏，忽地對八月下旬的「枯草」過敏一般，始終讓我難解其惑。

由於切身問題，不免對「過敏」專題特別感興趣。仔細研讀，得知常引起過敏的食物，不外牛奶、雞蛋、花生、各式堅果（如胡桃、腰果）、魚、帶殼海鮮。有些人直接食用含有「過敏原」的食物後，輕則皮膚發癢、長紅疹塊，或嘴唇、眼皮發腫，重則嘔吐或腹瀉、喉頸腫脹得呼吸困難，需送急診，以免致命，並且，即使間接與不忌過敏食物的人，共用食具、飲瓶，甚至接吻，都有可能造成生命危險（除非先刷牙，等過了數小時再親吻）。

青春男女情濃意迷之際，可得為己身是否有「過敏食物」的禁忌，自明明人地特別當心留意了，愛情誠可貴，尚需留得青山在，才保得住愛情哩。

對某些食物過敏，也算一種病症吧。有病投醫，幾回會診後，過敏專科醫生告以無藥可根治，只有避免「過敏原」一途。

怎麼和網路醫療搜尋結果一樣？不過，醫生還好意安慰：也許，不知何時，體質與荷爾蒙有所改變，又再影響免疫系統，過敏現象也會有可能自動消失不見……。

善哉斯言，此話於我，可真是最聽得入耳的唯一希望！

〈原載二〇〇六・五・十六《中華日報》〉

重見聖誕樹

一室的靜寂。兩年不見的聖誕樹，悄然兀立在白窗紗畔，以紛紅駭綠的繽紛，遞送熠熠溫暖的假日回憶。

平靜規律生活，於感恩節前，乍然冒進兩個成年子女回來，為空巢平添無限生氣。一切彷如又回到他倆在跟前上中學時的日子；聲浪喧騰，盡現生命的熱與力，雖然我並不確知，這是他們回家輕鬆休息的本性？或是刻意製造的心意？

由於去歲聖誕季全家返台，自家客廳為圖省事而不見了紅綠聖誕樹，似乎年節的氣氛盡失，小兒就以玩笑語氣訴說童心：「沒有聖誕樹，怎麼堆放聖誕禮物？」年年，輪流開啟一個個聖誕樹底、紅圓毯上的禮物，一向是傳統團聚的高潮，他的悵然，自可想見，雖然返台過節也一樣收到許多禮物，到底，因循與破格，不一樣就是不一樣！

節後兩人離去的前一晚，夥同宴請的一批外子碩士班學生在家聚餐，歡讌、傾談、收拾過後已近子夜，猶念念不忘明早定要聯手豎起貯藏室那棵沿用近廿年的老科羅拉多聖誕樹！我還一旁建議：省點麻煩，找出鋪樹底的紅圓毯，可以放禮物就行了！語畢，四隻眼睛，齊齊瞪向我，直呼「NO！」否決之聲，震耳欲聾！

姐弟趕大早忙過一陣，睽違兩年的老聖誕樹，終於丰采多姿地重現窗前，兩人行囊也各別送

進兩部車內，上路前，女兒望望恢復秩序的起居間，欣欣然道：「看！又全都和回家前一樣清爽了欸！」送走兩人，走進井然的屋內，可不是？淨爽如昔，可也靜悄如昔！

四日的歡聚，頓成昨日的璀璨，可喜的是，大夥兒都享受過同在一起的時光，一起同樂過！這四個昨日的「當時」，堪稱充實，有一首英詩，如此敘述：

The past is history,
The future is a mystery,
Today is a gift,
That is why we call it the present.

過往已成歷史，未來猶屬神秘未知，只有活在當下，最是難得，又最實際，「今日」，怎不是一分禮物？

成年子女離家後，再回來，不論停留的短長，都只是「過客」，很少會是「歸人」，各人人生路上，遲早不都要自立門戶麼？且讓每回的「歸巢」聚會，踏實得都是心喜的記憶；也讓親情的延續，因不斷相聚、分別、再聚而豐盛；讓回憶成為別後偶然飄上心頭的溫馨，所綻出溫暖的笑容，也好為朝前邁進的腳步添注勇力！

過節能享有「活在當下」的互動親情，使得終將演成為「過去」的每一個「當下」都不白過，更使「年節」倍添意義呢！

〈原載二〇〇二・二・二十二《中華日報》〉

香港居

易地香港過生活，緣起於先生的「休假年」（Sabbatical year），往「嶺大」任教一學期，而早已成「空巢族」多年的兩人，但把密西根的住家，託請朋友、鄰居和外地成年子女輪流探看，一人兩件行李，簡單飛港，開始另一頁新生涯。

難免的接洽、採辦和添置，抵港四天後，差不多已粗略安頓停當。

異地營生，一切陌生而新鮮，租住的面洋公寓，兩房一廳，乃木板、瓷磚地，採「愛奇亞」（IKEA）一系列的家具、廚具，以及浴簾、床墊和被毯，質地實用，品味年輕。搬進後，有如時光倒轉，住成了年輕人！反而年輕在美剛成家時，窮留學生，買、用盡屬二手貨、減價品；有了子女又以「經濟耐髒」為添購原則，品味只成奢望；及至空巢，又因家具耐久不壞而繼續延用，沒料到，易地生活，公寓悉數裝配成「愛奇亞」式，其簡潔明快，恰似半年在外，兩人行李四件上路一般的簡便率真，其實，生活所需減成基本已很足夠，沒有過多繁飾，沒有太多選擇，反而是最好的「不選而擇」！

安定後，逐漸覺察三十年的美式生活，已被慣寵成錯把「美式標準」設定成「當然標準」，當地的「平常」，在美式眼裡都成了「不平常」而需要諸多適應。

比如室內沒暖氣，寒流過境，冷得屋內常需穿毛衣、外套加厚襪；二合一的家用洗衣機，容量小，洗完烘以高溫一小時後，衣衫依然溼重；無洗碗機必須勤快手洗清槽；日常生活仍以廣東話為主才夠親切、方便；外出活動沒私家車，必須搭乘大、小巴士及地鐵轉接承運，而買菜、購貨全憑雙手提及雙腳走回公寓，直如重溫無車的大學時代……。

然而，中外食肆種類之多，購物商場之鼎盛，藝文活動、建築之多彩，旅行社旅遊世界各地之價廉……，新鮮又興昂得足夠抵消負面感受和不方便。尤以抵港時，正逢農曆新年前，年貨滿目又年氣盈溢，幾乎到處可見人聲沸騰的熱鬧，而北美此時，正是冰雪嚴冬，早已過完聖誕、新年假期的上班族，重回了工作崗位正勤奮著，學生也已返校開始新一年的努力，我站在無冰無雪的港島氣候裡等巴士，卻又再一次的過年迎春，感覺十分奇特！

這一切時空的錯置變化，如同晃回當年離開熟悉國境，簡單闖盪異地的時光，不同的是，由台去美，堪稱年少，由美來港，已然老成，多拜「到處能安即是家」的自在心態，三十年，已把異地住成熟境，曾經相濡以沫，共過憂戚與甘苦的兩人，早已洞悉彼此的優缺強弱，仍能攜手共寫人生日誌於新境，也算幸事！

〈原載二〇〇五・四・十四《中華日報》〉

度假

街角黃色的校車，載走一批經過長夏，又長高長大的鄰童，暑假，在密西根九月略顯涼意的清晨，終於走入尾聲。

暑期中，曾與多位有學齡子女的父母接觸，加上自己過去的經驗，似乎，今日的北美父母，尤其是雙薪家庭，早在學期結束、長夏來臨以前，多已報名為子女安排好各種暑期活動，又設法把活動空檔和上班休假相互配合，全家到外地度個假，這，便成了典型中上層家庭新生代的暑假模式，度假，成了銜接兩代或三代親情重要的一環，彷彿若不度假，便有如缺了一塊、不曾拼完全又極不完整的暑假拼圖！

度假，果真是充電麼？

一般而言，在有子女的家庭，度假於孩童泰半是輕鬆的吃喝玩樂；對年輕人，卻是鮮活的青春四射訪遊；在中年父母，則為責無旁貸的照護、採購、安排、導遊、司機兼子女意見不同時的包青天，當然，也不乏忙裡偷閒去犒賞自己的各式享受；等到忙成巢空，雖然子女高等教育費與外地生活的適應，仍是或多或少的經濟負擔與心情惦掛，到底兩人度假，比較簡單輕鬆；甚且退休成老年人，子女立業或成家後，擔卸責了，正是遊山玩水好時光，若是開車，難免勞心費神，若不開車，兩人跟著旅行團匆匆忙忙起早睡晚的趕，一星期、十天下來，能不覺得累，必也屬於體能超強之輩。我以為，度假，固然有平日規律生活所欠缺的旅遊姿彩與生趣，然而，肢體神態的疲乏，有時竟比不度假還累！

但看出發前的準備工作已不輕鬆：有公務的，必也加速依序預先交代或處理告個段落，回家後，洗衣、採辦、整行囊、打點交通工具、停報、停郵件、請人剪草或鏟雪。

出發後，安排食宿，遊覽景點，一旦路長無聊，更得為後座幼小子女排悶解紛。旅途平安，幸無意外，度完假，先別提回去上班時，桌案有待處理的累積公事，回家便得洗衣、清理行李、取回郵件，並在堆積的郵報、雜誌堆裡，找出各式帳單付費、處理電話留言、電腦「伊媚兒」、買菜、庭園整理……，聽得忙，想都昏，甚至也有因為旅遊期間，不規則的飲食作息，身體免疫機能下降，返家便開始生病。

度完假，還需要另一個假，來恢復身心疲勞似的，度假，真是充電麼？

只有在忙累過後，人聲靜悄時，細細想起旅行途中，在車內狹小空間，沒有太多電視、書報、電腦、電話的打岔，全家在一起交流的親近，加上子女偶有逗趣的片言小語，與伴侶閒話家常，又有沿途發生的趣味活動長見聞，有時貪趕路，碰巧全家能在車內觀平原或海邊日落的晚霞滿天，以及入夜天際星光的先後閃現……，對有子女的家庭，「度假」的真義，或許在此類天倫吧！

〈原載二〇〇二・十・二十二《世界日報》〉

意外

從沒料到，原想為小女拍張當年她所出生的林肯醫院，竟會從急診處進入、拍成了三張X光照；更沒想到，舊地重遊，帶回家的紀念品，竟會是一隻只許直走、不能彎曲、牢綁整隻右腿上的膝腿固定護套！

車開過林肯醫院時，內心好不親切，還洋洋高呼「嘿！那是萱出生的醫院！」「咦，改了名，叫布萊恩中心（Bryant LH Center）了呢！」若不是趕赴陳教授的晤約，真想停車拍張多少年前，升格為人母時所住醫院的外貌。

美食與敘舊，一直是短期訪友的中心，哪管身處餐館，忽覺聲渺人稀已近打烊，或是友家壁上掛鐘已垂垂錚擺過了子夜清晨。縮頂著寒凍的冰雪氣溫，開心地向教授夫婦告別，走向道旁汽車，打道回旅館去。

愉悅中，冷不防踩上入夜低路面結成的「黑冰」，腳底猛然一歪，閃上膝，人已跌坐車道。劇痛，從腳傳上頭頂，洶洶然，痛徹肺腑。外子忙架我起身，緩緩搬移坐進車內，雖哀叫淚流，猶不忘試提腿力伸動小腿，行，沒斷，只是這痛，片晌間，已教瘦伶的右膝蓋，腫脹成剛出爐的拱突長麵包，圓泡又飽滿。

回旅館折騰四小時後，決定緊急入院檢查究竟。

於是，當真親身造訪改名為布萊恩中心的林肯醫院，並且，也和廿多年前一樣，下車後，坐輪椅從同一急診處進入，而看診的醫生，居然同名為漢森醫生（Dr. Hansen）。

三張X光照確定膝腿骨沒異位，乃內膝部位腿筋裂傷。心情甫定，我遂好奇探問這位素味平生的年輕醫生，是否有位醫生父親？

他笑答：「是啊，妳認識他？」

我心一喜：「漢森醫生曾在廿多年前，在這醫院為我接生小女。」

他有點意外：「喔，我父親是位骨科醫生。」

雖然，並不是我所熟識的老漢森醫生，卻為這位年輕醫生的父親高興，有子承繼衣缽呢！

次日，去一家老店吃飯，離店臨去前，曾和鄰座一對夫婦閒談，他們從愛荷華州開車南來探親戚，訝見我站起時，不方便的右腿，我只拍拍護套自嘲：這是我專程重訪林肯城帶回去的紀念品！

男士馬上笑著接話：「是啊，如果尼龍護套是大紅而非深籃色，那妳這紀念品就更正宗了！」

可不是？林肯城的內布拉斯加大學的足球隊，驍勇善戰，一向是美中西部Big Eight大學組數一數二的常勝軍，大紅色，正是所向無敵的隊色！果真穿上血紅固定長護套，可不知又成怎個意外驚人光景呢？

〈原載二〇〇一・六・二十一《世界日報》〉

饞痴與鄉親

去夏，往英倫旅遊，入夜，四人拋向旅館大床攤平，小兒昂昂洋洋宣布，除去中文書店，只有兩個地方，會使媽咪的眼睛張得亮又大：水果攤和麵包店。

哈！糗我呢！好個觀察入微的知母莫若子！

向來，鮮麗瓜果攤與新焗出爐的麵包店，最能以色、以香誘我甘心情願下車，即使車開過頭也不嫌麻煩再折回，其目羨神迷相，只恨不得將喜歡的每款，悉數各買一樣，捧個滿載而歸，必也欣欣然而後快！

老廣的外子，常不能了解世間美味何其多，卻有人能不愛山珍海味或滿漢全席，還說即使鄉郊野味、百里名菜，依然以瓜果原味、新出爐的麵包，噴香得最讓人痴！清甜得最引人饞！說成「沒水準」也好，「真好養」也行，反正，口腹之慾，各有天性，不可強也！

於是，在巴黎地鐵出口站，遠遠望見秋季水果攤，身已自動邁步朝聖：兩眼定定望向大串琥珀色葡萄，鼻吸陣陣濃郁甜香，雙手急急祭出一捧法朗，請攤主細數算取便是！

在夏威夷茅夷島的山頂公園，車開繞下山的道旁，盡是蔓長漫生的野芭樂，秋陽藍天下，顆顆黃澄可人，在一個轉彎賞景處，拾取兩個進車入座，抹擦後，咬一口，呈現心紅肉少籽多，野芭樂味已香溢滿車，哪還用得著「車內芳香劑」？山芭樂香得放肆，一下子勾起小時鄉郊採野芭樂的心境，竟然，還鮮樂如昔！

在巴黎，出地鐵再搭公車往觀畢卡索畫館，下車處的斜對面，便是一家堂皇麵包店，眼目紛亂流賞裡外、上下、前後、左右應有盡有的各式各樣法國烘焙，杵立其中，驚喜得直如進入「大觀園」，而盈溢的烤香味，使兩腳生了根般，許久移不出店門，痴望得幾乎忘卻此行為何而來？

在香港尖沙咀新購物商場，逛達一家香噴色誘的開櫃式、西點麵包店，喜滋滋東張西望，純中式呢！更奇的是，許多樣款竟然沒變，和小時記憶裡嘗食的一個模樣！可惜腹飽，一行人又正逛街中，佇候的父子兩人，燦齒報我以「拜託行行好」的一笑，兜含有不想代提的警意，但看我著魔交戰去！當下自然顧全大體，故作明理狀，大步捨愛走出麵包店，心裡直恨遭不逢時，誰教三人還有許多店要逛、要看？稍晚，還有朋友要會？

鍾情水果和麵包，該遠溯成長於台灣中南部。那時，從親友、果農，甚且家後院，摘採各種亞熱帶水果，一直是童年歡笑、友誼、編白日夢的孕育所在；而台灣光復後，逢克難節儉、胼手胝足時期，以白米為主食的生活，加上家庭烘烤器具與電器未興，僅盛行易得、易做、由蒸或煮而出的中式麵點如饅頭、花捲、包子、水餃、鍋貼之類，西點麵包被列為稀罕挺貴又非平常的奢侈食品，麵包在子女多的我家，是父母對「好孩子」的頒賞獎勵；是下課時，揣著積夠的零用錢，往學校福利社進獻的最愛；更是準備聯考、勤讀時的果腹生力軍！

水果與麵包，是如此地以溫馨、以親切、以喜悅的正面形象，深深蘊藏在成長的印象裡，演繹成為心眼中道地的「老鄉親」而不自覺！

久居北美環境，水果、麵包充斥盈市，且又物美價廉，子女、丈夫以及不熟的朋友，常不以為然取笑我的口腹之慾的極易滿足，對前二者的「明知故笑」，後者的「不明而笑」，我一概坦然笑開，潛意識因熟稔而堅持的一點鄉「土」嘛！鄉「土」怎能不親？水果和麵包，這兩樣是屬於私心底最親切、最蜜愛的鄉土回憶，買一堆，即使消耗有限地吃不了又撐不下，可看著也高興哪！

〈原載二〇〇〇・十一・十五《台灣新生報》〉

誰來光顧蘋果

都說環湖的密西根，特有的氣候、土壤，所栽種出的蘋果，最是清甜，尤以可口的綠或紅五爪蘋果（Gold or Red Delicious）大異於華盛頓州產的碩大品種。獨特的清甜爽脆，不膩的津潤淡香，備受東方族裔青睞，每逢秋收，開車繞經農夫市場，總也等不及地，引頸聞香下車，能買得一大籮筐新鮮清脆蘋果，心頭的滿足，感覺十分地幸福。

今秋，紅蘋果搬回家，順手暫擱車房，打算稍後再來處理。進屋後，家務忙碌，再想起時，已是次日早晨，正想探取幾個嚐鮮，不料竟見面上幾個已被啃食大半，此外，尚有咬數口的、抓痕的、滾落的，加上籮筐旁的碎果肉與核實，一時難以置信地睜大了眼，吃驚不小！心頭好生納悶著：到底是何方神聖？竟然不請已先光顧？滿籮清香，居然被如此有類孩童式的淘氣吃法，且啃且抓且玩且丟，讓人見狀，疼惜又愣得不知如何是好！

免不了，既掃且丟也放，清理過後，赫然又見鋪水泥地的車房內，兩部停車的四周空隙間、櫃架旁、側門邊，散布不少成排成行的「血爪印」！尤以蘋果籮筐附近，蜿蜒迤邐至車房側門地毯旁的小洞，爪印最為密集！

依爪印判斷，常嬉戲於前院兩棵老橡樹的松鼠或花栗鼠，嫌疑不小，可能嚙咬後，企圖從緊閉車房的側門角下的小洞，以爪趾趴挖溜出，但水泥地堅硬如石，小小爪趾能不鑿得淌血？旋又疑惑：蘋果並非堅果，這兩鼠怎會有興趣？

推敲不得，逢週末需出城，隔日才回到家，又見車房櫃架物品歪倒傾落，地上還有大小如狗的排泄物，四顧溜看收藏簡單，幾乎一目了然的車庫，明知有不明動物來過，或仍藏身其中，卻有遍尋不著的無奈！

又一日，清掃完庭院落葉，正想把靠牆散置的大半袋碎松木塊加除雜草顆粒劑的黑塑膠袋移走，袋口才打開，一隻碩大如成人手前臂的白腹、淺灰背、灰嘴、長鬍、大耳，尾長如身長的僵硬大鼠，平躺袋內！

大鼠死因，多少或與誤食所藏身的碎木塊摻雜的除草劑有關吧。一位學農化的朋友，根據描述，判斷是圓環長尾的負鼠（Possum），遇險急時，善偽裝死，習於藏居枯木、碎木堆為棲身地，以植物性的食物，如花、果、葉為食，嗅覺靈敏，尤好成熟水果……。

車房擺了一籮芳香，意外招來一隻大鼠光顧，這隻灰白大鼠，躲在酡紅蘋果堆裡嚙食，色彩相襯，如果能拍得此照，豈不平添一則屬於秋天故事的見證？然而，與其見牠在碎木裡自我葬身，我倒寧可希望牠食畢能安全溜走，多好！

〈原載二〇〇四・十二・二十一《中華日報》〉

棕梨和菜花飯

周末，欣賞了一部女與男各為「人」「魂」相戀，終於男魂轉還為人身而成就良緣，卻又不幸身為醫生的俏佳人，車禍身亡的悽美電影：「城市天使」（City angel），腦中不斷縈繞著那幕由魂魄化為人身的薩格，好奇問女醫生梅格，棕梨是什麼味道？梅格死後，哀傷的薩格，去同樣的農夫市場，買回一堆棕梨，吃一口，想一回，吃回憶，也以吃棕梨，去懷想已成永訣的愛情……，以心相交、相近的時刻，殊難忘懷，只因為那曾是共有、很獨特的兩人相聚共處的「回憶」。

而後，上超市買菜，看見棕梨，竟然也挑選一大袋，回家邊吃邊想：對死亡的苦痛，難免大傷大悲，但是，再輾轉淒惻、再迴腸吁嘆地難以走出哀慟，便能使往日重現？逝者回生？也可挽回逝者永遠同在？勉力去記取美好的回憶，掬取共享過的歡樂，一向是西方社會勸慰未亡人節哀順變的相應之道，難怪劇終前，當曙天湧現海上，熬過無數嚙心泣血長夜、漫漫哀傷迢遙路的薩格，終於豁然明朗地躍進微曦的大海中，忘情晨泳，不禁讓人敞心一嘆：生命總得繼續往前去！

隔個周末，突然想煮一鍋「菜花飯」，特意路過市場，買回一朵白花菜，小學二年級時，母親體弱加上痔瘡大出血，住院開刀醫療以及在家靜養期間，請了洗衣婦「阿婆」幫忙兼工做中飯，正午前，阿婆要為三戶人家洗衣晾曬，一心趕急，做的便是少有變化的「菜花飯」，有時加些豬肉片，大半時候，淨是白飯加白花菜，泛著綠葉梗，煮成一鍋半溼半乾的花菜飯，熱在灶上等我們下課走路回家吃午飯，兩個月連續吃下來，簡直恨極花菜，聞到煮花菜味，便蹙眉噘嘴，厭透這唯一可吃的午餐！偏偏，最常聽命的家訓是「有得吃，就很不錯，還嫌？」心底，可是堅決抵抗：有朝一日，再也不吃花菜飯！

事隔卅多年，美味早多食遍，忽然切切地想吃粗簡原味，一道普通又平常的兒時克難菜飯！曾有過的童年苦澀日子，並不值得回味，被菜花飯折磨出深惡痛絕的決心，也早已杳然無蹤，肯定的是，心境隨時日而改變，曾經吃過簡單粗味，且不准、也不敢挑食，自是任何餐桌上，道道盡美味，盤盤皆珍饈；旁人主廚，必然真誠贊美、感激做菜辛苦。「食不挑剔」，也許不會是奉行孔老夫子「割不正不食」的美食者，肯體會認同，卻能肯定：永遠會是餐桌上，最受掌廚者歡心、一個不挑嘴又最捧場的食客！

〈原載一九九九・一・十五《新生報》〉

茶藝偶涉

周末興起，開車兩個半小時赴芝加哥，去聽一場「茶道藝術講座」。

茶道，聞說已久，如此閒心逸趣的雅好，在中國，直覺似乎該與六朝清談人物氣脈相通，想像中，那似有若無的禪意、隱然還現的玄機，未言欲出，平常人安得識透？又豈易參悟？

粗淺「茶門」外人如我者，一直很實際地認為：喝茶，乃為消滯、去脂、解渴、清心健身，兼待客之用。豈料視、聽、品完茶藝，由不得不瞠目驚奇於「茶道」的繽紛精緻，在廿一世紀，早已是嗜茶之士所喜好的收藏，也是一門極平民化的藝術。

光看茶葉的諸多名目，已夠娛心：峨眉苦甘露、洞庭碧螺春、玉龍雪芽、樂山佛手茶、黃山雀舌、太平猴魁、黃山毛峰、君山銀針、黔紅、滇紅、西湖龍井、武夷大紅袍、凍頂烏龍……或茶葉或茶湯的形象，無不與茶名相輝生義，未聞未喝，都已有幾分飄然仙意。

茶具的精研，又是另種興味。紫砂、黃金砂、白瓷、青瓷、石壺、玉壺……或嵌鑲或加彩的茶壺，配上成套巧小杯盞，連同各式色優質美的奉茶盤，簡直雅致得不忍、也捨不得泡用！

泡好茶的水品，也需講求。不論泉水、雪水、天下好水，根據主講人林麗淑女士所引用宋徽宗趙佶的《大觀茶論》中，評宜茶的水品，以「清輕甘潔」為美。私以為，這「水品」倒容易解決，當今北美超市，不就多得是來自各國名山大川、各式進口「好水」的選擇？

茶種、水溫與茶具，還得相應配合，才能泡出該有的香醇甘味而非苦味。泡茶前，準備工作尚且包括了溫茶具、茶杯、過茶葉，而一泡茶、二泡茶時間的短長，又各有偏執，看得出杯盞泡來全是功夫學問哩！果然，壺裡乾坤大，先聞後品的精巧「功夫茶」，豈非實至名歸？其色、香、味的講究，絲毫不遜古時騷人墨客的賞吟「品酒」呢！

年輕時，盛夏外地歸來，舉起廚房罩紗裡擱涼的足球杯茶水，咕嚕咕嚕三兩下牛飲下肚，殊難體會方今轉寰紅塵過後，無可無不可、心定人靜的聞香品茗深趣；也許，以當年的輕易入睡又易睡得沈，所難解的迷惑，恐怕還包括有：傍晚喝茶，怎會難以入睡？

事實是，不知何時開始的跡象，晚飯後喝香茶，的確妨礙了夜間睡眠，日暮，「尚能茶否」？也就成為自己不再年輕的界定呢！

〈原載二〇〇二・三・一《世界日報》〉

幽默的女人

六月的第一個星期日下午，在芝加哥僑教中心，聆聽文友吳玲瑤女士三個小時的「幽默人生」講演，「笑」果十足，我從密西根卡城趕去，開了近兩個半小時，但每一分鐘都很值得！

一般描寫女人的詞句，多半如月、如花、如水、如綾羅……，其柔媚、其溫婉、其姣美，無不和傳統的婦女形象相關。而今的男女，平起平坐，之前，那些用來形容男子大而化之的不拘小節、爽坦好動的陽光個性、積極幹練的才識閱歷……，如今拿來形容多才藝、有眼光、有抱負的當下女子，似乎也並無不當，只沒想到一向多由男性稱霸的「幽默」領域，女性竟也能不遑多讓，談笑間，玲瑤幾十年的幽默寫作，把自己寫成了幽默女作家、幽默講演不斷，如此這般，會演成為一個說、寫幽默的女人，據她自稱：當初也沒料到！

有心、無心間，眾多的閱讀聽聞，也廣為蒐集笑譚，既不來正經八百的嚴肅，也會開開自己的玩笑，又因笑談人生的百事百態，導致笑場頻頻，而當左右盡皆笑臉，身前身後無不笑聲歡動，那種滿堂樂不可支的眾樂之樂，所造成笑的氛圍，足足百分百！

她自嘲：在大陸想買一件棉襖，走進店裡，店員小姐對她說：「我們這裡沒有賣給胖女人穿的棉襖！」那麼看看式樣好了，「我們就只賣年輕人穿的款式！」呵，好說，好說，店東家從裏邊兒趕出來，陪著笑臉：「店小妹才從鄉下來，不太懂得說話，她都只會講老實話！」哈！居然短短幾分鐘，三度受傷害！

回鄉見親人，小姑誇她「仙女下凡」，她則自謔：太重了，從雲端掉下來，而且臉朝下！

減肥的經驗，則為：美女上馬，馬不知；肥女上馬，馬不支。

太太想減肥，把穿著清涼極少、身材凹凸曼妙的比基尼女郎美照，貼在冰箱裡面、那門一打開就看得到的地方，每開冰箱就自惕自勵，嘿，果然奏效，一個月少了五磅，但她先生卻重了二十磅！

經濟不景氣，找工作有時得靠關係，走後門還是容易些。但若沒後門，也別生氣；少後門，可別喪氣；有後門，更別客氣！而人在沒錢時，很愛裝有錢；有了錢，又愛裝沒錢。以前庭前除蕪草，現今則需種綠草；過去人吃白米飯為貴，現代人吃糙米飯才時尚……。

一個下午的輕鬆談笑，揭明了多少人生情理！笑歸笑，開車的回程，我最是能回味這句教養下一代的心情：「養兒像種樹——自己面對風雨」，幽默中，自有不言而明的斑斑道理，誠哉，斯言也，只不知，合理的情況下，眼睜睜見兒身處困頓險阨中，有能力卻忍心不助的「現代」父母，能有幾多？

〈原載二〇〇九・七・二十《中華日報》〉

那麼多鞋

周末採完蘋果，與小兒走在密西根州大的森林試驗公園，道旁盡是筆直插天的紅杉、檜、橡、松、栗樹之類的密林，靜而幽，綠且涼。

且看且走且聊，忽然，我注意到兒子的背膀有些駝，才二十出頭呢，情不自禁伸手拍拍他的肩背，半帶玩笑的囑咐：「嘿！後背要像兩旁的松幹一樣挺直才好，工作忙，可別忘記騰出時間做運動，比如以前練的舉重、跑步都很好呀！」

兒子說：「我是低頭留意鞋子別被揚起的灰砂泥塵弄髒，才會彎了背的。」

嗯！好像也有點道理。但你又不是就只這雙鞋而已，髒了，換別雙穿嘛！

兒子不懷好意的接話：「我又不是妳，有『那麼』多雙鞋子！這可是我唯一、僅有、最常穿的一雙鞋。」

當真？難怪這麼寶貝愛惜著，可是印象中，他應該不只這雙便鞋。也許才出校門，新工作外加自營獨立生活的種種需要，一時還來不及兼顧便鞋換新的需求。我馬上說要為他買新鞋，他婉拒了我的好心，成人各有所好，大概不易買對他的口味吧，反倒是那句拉長語音的「『那麼』多雙鞋」，讓我惴惴地切切自省起來。

從也無意於足上爭妍，卻和尋常女子一般，難敵物美價廉的誘惑，忖度場合的配合穿著，狂廉時伺機添買，加上路走多、不再年輕後，大腳趾、腳骨內側、腳底板發生退化式的漸進突變，不知何時開始，雙足對鞋子的舒適度，挑剔到稍扎腳便無法走長路的地步，值此高呼「不可不動」作為保健之道的今日，我也一樣膽小貪生，豈敢不正視足下需求，跑步鞋、走路鞋、打球鞋、園圃鞋，充氣的、填膠的，輪流換穿，務求逢迎奉承「足下」，才好努力活動。

再說過去數十年市面女鞋的變化，光是鞋頭，便有尖頭、圓頭、方頭……，加上夏季各式各色涼鞋、拖鞋，冬季的長、短皮靴、雪靴，已難勝數。但自忖對鞋的訴求，「需要」與「實用」長擺第一，才得以勉強造就尚可的「不動心」自制力，然則家中藏鞋何以盛況若此？

平心自我剖析，罪在「不捨」。且看不夠舊的，難丟；美而緊腳的，難棄；舊跑鞋退成園圃鞋；鞋跟磨損可當粗穿便鞋……，老鞋自在，舒適新鞋又總有機會悄然上架，如此舊的不去，新的又來，長年累月積聚，怎能不怵目驚心於「『那麼』多雙鞋」的場面？但，又有幾位成年女性，是區區一雙鞋走天下的「以不變應萬變」呢？

〈原載二〇〇三・十一・五《世界日報》〉

穿新衣的女人

女人進入生活安定後的某種年紀，如果對物質消費仍感興趣，比如添製新裝，似乎都較能有餘力、有心思、也比較能承擔得起。

如果身材大致保持在某個尺碼上下，經年添裝的累積，可以穿得下的衣服，幾乎可稱「滿衣櫥」、「整衣櫃」，當然，其中又有質料或式樣，合不合時尚、穿不穿得出去的問題，大抵而言，式樣簡單大方的衣、裙、褲，存留率極大，然而，日日青菜，天天豆腐，自己難免穿膩，別人也可能看厭，參加慶典應酬，穿著又不好太輕忽，買新衣，有其必要，更何況多數婦女的身形隨生活變遷而起尺碼變化，買新裝，確屬必要。

常在百貨公司的試裝部門，見著試穿美麗新裝的女子，三合式長鏡前，左旋右轉地比照看模樣，一旦合身滿意，霎時心如彩蝶、身如飛燕似的欣欣然，彷彿適宜的新裝才上身，自信便陡地突增，舉止間，忽然有了符合新外表的神采，想起工作面試時需整飭衣著，內中自有道理。

言歸正題，女子新裝穿得歡喜，旁人欣賞的眼光以及隨口的稱讚，也如風拂至，私以為，女人買穿新衣，悅己怡人之餘，多少保有好心情待人、做事，能增添幾分自信的顧盼神采，只要不超支預算，教誰又忍心抹殺了那分愉悅？

不料，有回飯局過後，聽聞兩位學識、涵養俱佳的中年男士，偶發對女人穿新裝的妙論，忽然為我的見聞視野，打開另一扇稀奇的窗門。

男士李說，女人穿衣服，泰半還是穿給別人看，尤其是穿給會注意新裝打扮的別個女人看。女人愛買新衣，道理在此？心直口快的女友葛，就說：「是嘛，好多件，人家都看我穿過了！」一向不怎在意新舊，但憑當時心情而穿衣，卻也遭熟友張，喜孜孜於新裝上身時，率性對我說：「哪像妳，還穿得下身上這件多少年前我都曾經見過的衣服！」褒貶參半，原來，「適性穿衣」也會成為箭靶呢！

男士林的說詞：除了談戀愛的年輕時候，平常一般男人很少會去注意女人穿什麼衣服？也許大致瞄一眼，覺得順不順眼而已。

依此情理，「女為悅己者容」應該只適宜戀愛時期，也表明了女子為取悅喜歡自己的良人而裝而扮，在婚後，似乎可歸為「多此一舉」的白費心思，過了繞追的求偶期，女人費心衣裝，良人多「視而不見」，難怪女人只好穿給「悅己者」以外的別人看了。

然而，暗自慶幸喜歡妻子體面出門的世間男子為數仍多，注重「婦容」的已婚女子也不算少，夥同多姿的年輕單身女子，還足以合成一個繽紛多彩的眾生世界！

〈原載二〇〇二・八・十三《世界日報》〉

戴玉

天津古文化街內，兩位少女選挑四、五只色澤光潤、顏色不一的玉環，興味地相互比看、套試。

「妳看妳，真怕痛，忍著點兒，不就戴上了？就差那麼丁點兒，把手掌再往裡頭彎，不就行了？」寬臉的女孩，對著雙手白淨秀氣的苗條女孩薄嗔著。

信步閒逛到玉攤邊側，聽見女孩如姐如姨如友的嗔責，忍不住好奇欺身近看究竟。秀氣女孩褪下已半套進手掌的玉環，兩手共持四支由粉綠、蔥綠、瑩綠、水綠深淺不一的玉鐲，拿不定主意地遲疑把玩，一只近乎蔥白的瑩玉，掂在她柔荑秀手中，恁是好看！我瞧得有趣，乾脆站她倆蹲膝的身畔，靜看玉攤婦人做完一樁買賣後，回頭為少女戴玉。

婦人說得實在：「妳瞧這只玉鐲戴妳手上多好看！」柔荑映蔥玉，的確引人，可惜每回玉環上到小指底掌，女孩便痛得再也不肯縮掌綣曲再試。

一只合適的玉環，選挑自玉攤上，怎麼戴進手腕？稍大的，容易戴，但鬆籠空盪地不合腕，不免生出碰撞意外；適腕的，需要忍痛的「縮掌功」，把手掌縮成小拳狀，四指全套進手掌底部，再把拇指圈套入，而後，慢慢套啊轉的往腕底拉，在不斷的轉玉縮手中，手掌骨全擠揉成一團，五根指頭緊密相互貼壓，但見少女蹙眉噘嘴，而玉環真通過手掌，套上皓腕了。

玉攤婦人大功告成地笑看女孩揉著泛紅手背，猶作補充說明：「玉環兒套得上，就取得下，抹點肥皂、珍珠粉的，滑手後，更容易上手！」

玉，自古便受男女喜愛，許慎的《說文解字》，載明了玉有仁、義、智、勇、絜五美德。一塊璞石，經切割、琢磨成玉材配件，輾轉獲妙齡少女相中，且甘冒擠壓疼痛，傾心伸腕迎戴，姑且不論計玉價，一只玉環，從此瑯璫隨腕流動顯現生命力，而戴玉少女，表現喜不自禁的欣然，不就是「物我知遇」的趣致？

望向女孩忍痛後的美麗：玉環，澤溫柔亮；靜靜襯挽嫩肌秀腕，默默展現無邪的潔潤，果然，「不經苦徹，哪得收穫？」（No pain, No gain）追求美，是需付出代價的，而玉石不經費心琢磨，又怎成器成環？獲得女孩青睞？

〈原載二〇〇三・四・十《人間福報》〉

一只玉鐲

幾回想褪脫左腕上的玉鐲，每次都半途而廢。

鐲身光滑細膩，淡藍青色帶淡紫，不全透但泛雲朵紋，橢圓而略寬厚，邊緣朝內彎貼，旅遊昆明買的，附有保證書。么妹捧我：妳這是「貴妃鐲」耶！

可真？我倒認為：美玉如人，碰上，是講緣分的。眾玉裡，千百方尋找，一旦看對眼，喜歡的直覺，即使放下再去瀏看眾多其他玉件，終究還是折回重拾初見的鍾情，一再戀戀地賞玩，其難捨、其難放的心情，與交友尋伴，那一見鍾情的眼緣，又有何不同？而即使這只美玉在專家眼中，並非上品，但，情人眼裡可以出西施，帶點品味，能看上的眼緣，便可以是個人所認定的一塊專愛美玉。當然，有懂玉的朋友一道鑑賞，可能更要加分。

一只面盆，些許皂液，熟練的抹、轉、套，三兩下玉鐲入了腕。

「玉鐲是有生命的，長期和肌膚接觸，人身的精氣，和玉石的溫潤之質，透過皮膚體溫，流經血液，玉與人相互交流影響，可以保心降壓，如果老是脫脫戴戴，那肯定起不了什麼作用。」當時，為我戴玉的國營售玉員，如是說。

心想：果真能長期戴成身體的一部分，脫也脫不掉，形成與人身共存活的常態，玉鐲自然演成人體一分子，宛然具有了生命。

這只觸感溫潤、質地光滑的玉鐲，每在有意無意輕撫時，一股入心的細膩，穿肌透膚直來，引發內在的舒徐溫和感，又若果經常保持有如此的穩和情性，除去遺傳因素以外，比較能遠離心臟病、高血壓的侵襲，也仍屬實，是以，對售玉員的解說，並不排斥。

返美後，秋夜聚宴時，一位年輕朋友見我腕戴玉鐲，好奇詢問：「玉鐲真有『保護』作用？」稍作思考，我笑答：玉石在腕，手骨感覺沈甸有物，為防止不必要的碰撞，造成美玉碎損，舉動當心點，行為留意些，反而減少也避免了不少意外，佩戴玉鐲能生保護作用，大概不無道理吧！然而，玉鐲於我，美感與聽覺的欣賞，遠在「保安」之上。試讓金屬鏈與玉鐲共處一腕，兩物難免交頭接耳，時不時撞發悅耳輕脆的金石之聲，純然天籟，實在妙靈輕巧得美不可言。

玉鐲再精緻，也只是一環經過琢磨成形的美麗石頭。秋風舞落黃葉後，北美寒冬的腳步移近，戶外行走，頻頻感受玉鐲落腕的硬與冷，有如腕骨與玉石較量比硬似的互動，由不得讓我想像在凍寒的雪天，腕戴一只美麗的石頭，舉凡鏟雪、刮車窗上的霜雪、或雪上活動時，總也會偶生玉鐲「扣腕」、「扼腕」之痛與不便。

心思一旦短少了夏秋時「難捨難脫」的繾綣以及「半途而廢」的猶豫，皂泡中，旋轉、擠縮、拔脫的努力後，手持褪除的光潤玉鐲，如同暫別老友般，明年春暖花開時，再屈腕迎君吧！

〈原載二〇〇六・二・十七《中華日報》〉

電視機壞了

「樓下的電視機壞了，影像出不來！」丈夫含笑對我報備，言下之意，舊的不去，新的不來，嚮往的寬頻超薄HDTV，可以名正言順搬買回家了！

家電用品，按各種不同的需要而淘汰換新，尤以聲電世界，日新又新，著實享擁著讓顧客樂見新產品的魅力！問題是購買時，無不選求品牌精良牢靠、具口碑、大眾消費評估指數高的產品，使用順利又得心應手之後，長長久久，好像老用不壞，這期間新款式、新功能的產品，源出不窮，委實吸引人，電器能用到出問題才丟，比起尚新但過時就捐出，於情於理，特別心安，尤其對價高物大如電視機者，我個人特有這種「心安」感覺，若請電器行換新零件修補再用，想到搬進搬出的麻煩，加上有時換修價錢可能比買新還貴，還難保日後別個部分不會再出問題，總之，對已有「機齡」、出狀況的電器，在北美，判它「功成榮退」，可能比較實際也省事些。

無可否認，新知見聞、球賽、選美、甚至老電影，經由電視彩色播現，的確深具吸引力，若果螢幕寬廣、色彩清晰又不占太大空間，那更是絕妙的加分。只是，暇時，書報雜誌看完，上網查送電子郵件、瀏覽電子報、或也需要網上搜尋資料、購物……，眼澀腦脹、手痠背痛之餘，只想起身走動，或閉眼休息，要不就外出辦事，藉機活絡筋骨，看電視？若非特別節目，恐怕會是我的最後選擇，而空巢裡的兩人，他平常看電視的時間，多半局限於晚間新聞、特別報導節目、六十分鐘之類，頂多周末觀賞電影長片罷了，我並不在意電視機趕不趕得上時流潮尚，但他瀏看電子城各款高品質的扁薄寬頻新電視，嚮往之心，洋溢言表，卻因我的無動於衷，而孤掌難鳴，這回老電視因故自動退休，無異是玉成了男主人的美夢！

平心而論，二十一世紀新一代的家電用品中，電視機不比電腦，會有點擊不夠快、記憶庫不夠大、機型大小、攜帶重量等等因不敷需求，用幾年就得考量換新的切實問題；前者消遣娛興較多，後者可以是士、農、工、商、軍、公、教，各行各業，不可一日或缺的必需必備智慧機體。

電視機壞了？夜晚在家清靜得正好多點時間閱讀、交談、做點雜事甚麼的，甚至轉換交流道，各自上網到各自的電腦去闢天開地，聽音樂、看新聞、觀影片、打電玩、寫部落格……如果有興致又有時間，電腦上的消遣，可以是一部迷你電視機！換成電腦突然當機？出了問題不聽指令？那種不方便，在看電視不多的我家，唉聲嘆氣居多，尤其正好發生在精彩所寫尚未存檔時，那真會為之氣結。至於時而網路塞擠、慢的老上不了網，更不亞於情人見不著的另種悵然若失！區區個人尚且如此，遑論各行業機關，因電腦不靈的實質損失了。

如果到外地、尤其是國外商務旅行時，電腦確比電視重要：打從機場驗關起，許多旅客取出隨身電腦放流理帶上候檢，甚至國際候機場多設有公用電腦可投幣計時上網，彷彿沒電腦可開機，便會與世隔絕、減少機會似的！才完成旅館登記，又急急忙詢問客房內，上網的特別插座、代號，若電腦沒隨身，也會尋找鄰近的「網咖」上網，即使有時差，也要盡快以最簡單的電子信箱和家人報平安、查信件、和工作單位保持聯繫，若能自帶電腦，雙方時間配合的好，還會藉網視鏡傳真、Skype打電話、寫IMessage……，天涯若比鄰的接近感，靠的可是電腦而非電視！

不論如何，時下經濟不景氣，猶願除舊換新買進新電視，拿實際行動響應「以消費刺激經濟」，又能真正邁入使用高科電視的世代，一舉兩得，乃不常發生的平常，特以為記。

〈原載二〇〇九・三・二十二《中華日報》〉

從「覓良醫」說起

過去的一年裡，頻頻被迫另覓良醫：牙、眼、骨科、過敏科、以及家庭醫生，其中三位先後退休、一位另有高就、一位罹癌過世。由於不尋常的更新比率，這才意識到卡城定居，竟然已進入第二十一個年頭，當初專向有經驗的中年以上醫生定位，流年似水，如今他們一一榮退。初來時，身強體健，除去體檢，很少有需要造訪、也覺察不出有他們當醫療保鏢的顯著不同，而今不再年輕也開始偶出狀況，他們卻先後告老離職，在新醫生尚未找妥前，偏偏諸多毛病就會發生在「新舊」醫生不接時，格外感覺出過去長期能有足以信賴的相熟醫生，是多麼幸運！至少在無病時，是有備無患，一旦有病，就不必倉惶，人住北美，好醫生無異是病急時的一顆定心丸！

基此找醫生「防老」經驗，對新訪醫生的定格，自動將年齡、醫齡的訴求都予以年輕化。經過多方打聽也上網查看多位醫生的教育和實習背景後，憑直覺陸續換向較年輕的醫生定約，他們醫識新進、醫技新穎，經驗雖尚在累積，假以時日總會更加精進熟練，而一位有耐心、愛心又有口碑的年輕醫生，還不見得會有空缺能接收新病人呢。

新病人按照慣例需填數張表格，包括個人資料、病歷、緊急情況連繫人和電話等等，其中有一大項，必需對自己的父母兄弟姊妹們的「家族病史」，從實招來。

成長於台灣光復後，手足眾多的大家庭，填寫起來，每一格都費神，多半只能憑記憶和零落的訊息，重點記錄，我邊回想，邊下筆，多年不見，都已年長的家人形象，便輪番在腦海裡上陣，姓名、稱呼、年齡、病名、中翻英……，筆下一趟「家人病史」尋根之旅，覺察出許多家族遺傳基因，在進入中年以後，都會逐漸緩緩顯現，不單是疾病，甚至五官長相、某些肢體小動作、言談語氣、行事態度、乃至飲食生活習慣，即使長年生活在不同的都市、國度裡，竟然仍會與原生父母有點相近。這項發現，頗生警惕效果，也深切明瞭了身教、家教的長遠影響，打從年輕時，是該及早針對潛藏的可能病灶基因，防患於未然的多做飲食、運動的保健，才是熟年以後，少受身體病痛、減省醫療費用的上策，也許，這番省察，可也是填寫家族病史的一項好處？

體檢過後不久，偶在脫口秀名嘴歐普拉・溫芙瑞節目上，看見由主持人特約來為觀眾做醫學指導的奧茲（Dr. Oz）醫生，他和另一夥伴若仁（Dr. Roizen）醫生聯手又出一本新書「呈現美麗的妳」（You : Being Beautiful），面對電視機前和現場的婦女觀眾，奧茲醫生在精簡解說婦女如何保持年輕美好的幾項綱要之前，特別指出，傳統的婦女，常「無我」地習慣把家人擺第一位去妥善照顧，卻很少花時間愛顧自己，因而強調「婦女要像善待家人一樣好好善待自己」，撥出時間在飲食、運動、睡眠各方面，善加調養、顧惜自己身體，自然煥發怡人……。

想來傳統的婦女，若能把自身整頓得樣貌神清氣爽，心情愉悅，家庭氣氛大致也不會太差吧？話說回來，一位學食品營養的朋友，空巢前後，便開始極有恆心地奉行健康飲食多年，也規律到地下室使用運動器材健身，自束自策，把自己照顧得勻稱又美麗，朋友的丈夫則疏懶不願改變習性而自嘆不如，笑著打趣：又是健康飲食，又是運動消脂，一定長命百歲以上，那我就不陪妳了！

夫妻相伴，能一起健康相扶到地老天荒，可真不是一件容易事！

〈原載二〇〇九・四・十九《世界日報》〉

優雅長老

有年夏天，為多年不見、遠道來訪的女友和其子女拍照留念。印象深刻的是女友那忙不迭的關照：「照遠一點，別用特寫長鏡頭啊！」見我當時訝愣數秒，她又賦笑調侃：「怎敢近照？好像放大鏡一樣，把臉上斑點、笑紋、眼尾紋，全都照出來，好不傷感情耶！」

那年，女友坐晚四望近五，身為權貴配偶，宣稱不化粧，絕不敢出門辦事、見人！而居然發現，自己在最近的家族團聚時，竟也心存警覺，避免拍近照特寫，簡直獻醜地現醜嘛！

「優雅老去」（Aged Gracefully）一詞，容易說，卻多受女性抗拒，最明顯的，便是「今日美國」報載，美國子民雖然不太把灰髮當一回事，也很能接受灰髮少壯族，但染髮、做美容的統計數字，仍然持續爬升：

年齡45到54歲的婦女，有百分之七十一以染髮劑掩藏灰髮；55到64歲的百分之九婦女，曾動過美容手術，另有百分之十六會在不久將來，去動刀美容；施行的所有美容手術，從一九九二到一九九九年，已增加三倍。

這些數據，擺明能認同「優雅地長老」，而不去計較或去改變外觀的老化，確是需要已預先做好心理建設，諸如長期修養涵蘊內在，而發為外溢的穩練風度美、關注家庭的溫暖愛心美、敬業有專精才幹的氣魄美……，以由內而外迸發的光芒，去延緩也掩蓋外表的日形失色，過程自然篤定，哪管他人言：「男人喜歡被年輕、富吸引力的婦女圍繞」、「商業夥伴或總裁階層，年長婦女比較不吃香」，能不被社會流言左右的泰然，外表老化也並不影響心理自信，但把日漸衰弛的顏貌，適度裝扮，權且與自信相得益彰，漸老卻優雅自得呢！

二〇〇一年「全美退休協會」（AARP）公布，對二千零八個成人做的民意調查，超過百分之九十表示滿意於外在顏貌，同時也發表一項統計：

生於二次世界大戰後的「嬰兒潮」輩，邁入中年的共相為：明顯減少了抽菸；喜愛外出工作；做規律運動的占68%，其中有半數做的還是激烈運動，以企求保持好身態；愛穿買「香蕉共和國」（Banana Republic）商店賣的年輕衣物；他們大部分看起來比實際年齡年輕十五歲，並且，期望至少活到九十歲。

可見，盡量保持年輕外貌，仍然是中年男女的共同心態，如果歷經運動、節食、化粧品、美容、衣裝去整飾外表，依然難敵自然的漸老，那才會是追隨「老化得風采優雅」時尚的時候！君不見五年前，灰髮族不顯於眾，如今，也許是「嬰兒潮」紛紛轉成「中年潮」，而到處可見矯健、優雅的灰髮男女，出沒公共場所，這股時潮，終也演變為風尚，使灰髮、有神采、具活力成熟，形成一陣「酷」風！兼具智慧與經驗的酷風，果然遠近都能灼灼昭人又引人！

環顧周遭外表老化的眾相，最初乃不顯於偶需箝拔白髮、好奇試抹抗紋霜，而華髮不見減少、紋路不覺撫平，而華髮如沐春風息息滋生、紋路如遭歲月日日踏實，久而久之，終也不敵「日月逝於上，形體衰於下」，壓陣似地，繳了「青春」的械。

外貌漸淡漸衰漸弛，演化十分自然，既來之，則迎之，安之，扮之，享之，漸老而扮相優雅悅目，美學上，應是禮貌的自娛娛人享受吧！

〈原載二〇〇一・十一・二十一《中華日報》〉

退而不休

「退休的本質，是心性，是精神生活的優裕自主與自適，而不只是退休金、房產的步步盤營」、「不斷學習、常活動、多關愛、持續成長、保持健康，最是重要」，兩位接受訪問的銀髮族，在PBS錄製的「退休人員村」節目中，做如是說。

這專輯，稱呼全美已超過七十歲，喜遷往陽光州度餘生的老人們為雁族（Geeser），而步入中年，距退休已不是遙遠路的二次大戰後，旺生的嬰兒，為潮族（Boomer），這兩代人，對退休，各有不同的觀點與態度：

「雁族」中，有的以為，經歷戰爭，也度過艱難生活，一輩子辛勤忙碌，工作就是消遣，從沒被教過怎麼享受生活，也沒時間培養嗜好，既不打高爾夫球、打橋牌，也不愛逛街、講閒話，退休，有時是一種對「未知的恐懼」（unknown frighten）。

如果，選擇的是群居「退休人員村」，生活活動，不外跳舞、做運動、玩賓果、打橋牌、讀詩寫作，交男女友伴、曬太陽、游泳，盼子女來訪……，只是，以夕陽年紀為聚居準則的依歸，幾年間，便要有聞報老友凋零的傷懷、面對故友永訣的悲情，比較居住在年紀參雜混合的一般社區，常有新生接繼殘生，喜慶多過哀喪的生機勃發，生活情緒，便有顯著不同。

健康、情深、財力夠的兩老，選個理想區、美夢屋，鶼鰈共度晚霞餘生，或距子女較近，或與親朋相距不遠，有個照應又獨立生活，確實挺好，只是，老化後，一旦兩人之一先走一步，餘下的一老，其健康、安全，能否獨自運轉的能力，在在受到考驗，而成了子女的掛憂，於是，或搬與子女同住，或移住養老院，或堅持獨居以終，或又得黃昏老伴結緣，都是常見，也常知的棋路。

「潮族」一輩們，多半懂得安排家庭財務計畫的重要，保持運動健身，也注意飲食休閒生活，享有健康和年輕外貌，寄盼能工作久長到六十五歲，或者五十五歲便提早退休，換求壓力較小的工作，當事業的第二春。這兩種計策，謀求的不外是先支持子女受完高等教育，再卯足全力衝刺，以存夠退休老本，若無子女，也寄望穩足資產後，緩和步調，享受、過過重質的生活，而生命力旺盛，連帶延長了晚年歲月，所需耗的生活費，光靠有限「社會福利金」，實難指望敷用。

觀前顧後，當然趁早培養休閒嗜好，運動練身，保健康、有寄託、顯年輕，也努力工作存錢來養家、養老，方為上策！至於退休以後的生活，「旅行」成了心頭最愛！如何盤算？多數只是想望而已，一切尚在不成形的孕育中。

展望退而不休的生活，包括去旅行、當義工、組社團、墾田園、勤運動、營建改造房屋、或當顧問、做慈善事業，也或者多與朋友聚會，幫忙照顧孫輩，甚至可以讀書、畫畫、寫自傳出書，當自己的老闆，積極做以前想做、卻沒有時間、心情做的事，怎會沒趣？

只要不意氣指使、跋扈浮躁地，把老伴激得日無寧日便好！這，又靠長期的婚姻相契，彼此早該練就「相惜不氣功」和「抬舉互助道」了。

然而，不論是雁族或潮族，退休活動，難道非得要循照俗成已定的模式？對生性淡泊寧靜、喜愛家居生活、不好動的年長者，退休，並不意味必須做一百八十度大轉變，去迎合時尚、改變習慣，從事與志願違的許多活動。

「社會結構與老化過程」一書中，登載美一社會學者：瑪姬•賴格曼（Margie Lachman）的研究論文，在她所撰「個性與老化的交錯點」專文，強調「持續性理論」（Continuity Theory），意指完美成功的老化，應該是保持一貫性的生活型態（Consistent Lifestyle）。

選擇不太活躍的老年生活，其滿足感、快樂程度，並不遜於喜歡社交、社團活動的老人，所謂「鐘鼎山林，各有天性」、「動者恆動、靜者恆靜」，只要隨心意、適天性，繼續保持素來喜歡的生活方式，並不需要因為退休、老化，而突兀改變，便是「好不自在」的黃金夕陽歲月！

那麼，曾親見銀髮夫婦，結伴到社區大學上電腦資訊課，也報名旅行團到各地、各國參觀旅遊；面色紅潤藹祥、繫圍裙的老婦，幫忙公眾苗圃灑水、種花；名人紀念館或溯古展覽公園內，幫忙賣門票，或扮演拓荒期男女、或當導遊、熱心解說史蹟的一批批年長義務工作者；助非常時期的成家子女一臂之力，短期照顧子孫輩……。

可見，退休生活，是腦力、心性與興趣的持續學習成長，是體力的維護，是活動的量力施展，更是慈熙愛心，普受歡迎的大好時光，怎不是「退而不休」的彩霞人生？

〈原載一九九九•二•十五《中央日報》〉

輯六

浮生短歌

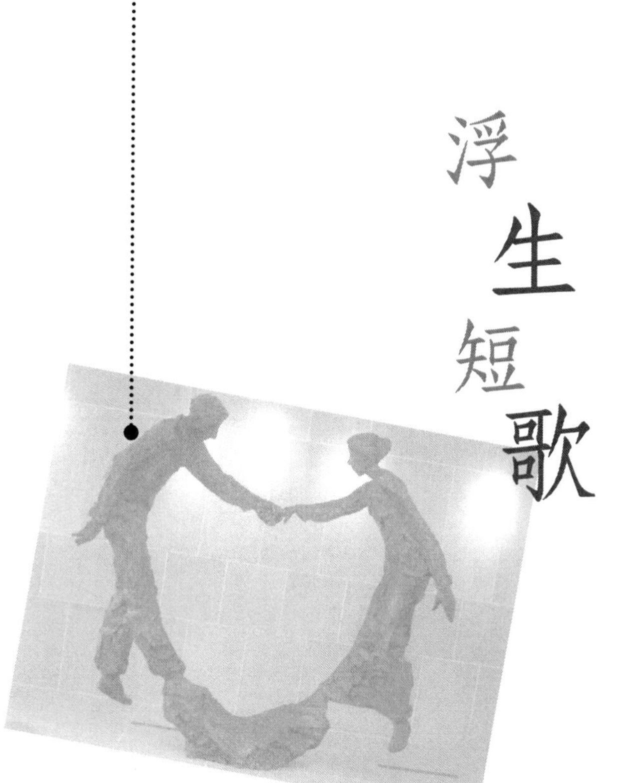

媽媽的清單

老母九十，他六十。一年總要回家去探望幾次。

每次電告完歸期，他老母就開始寫清單：擦窗子、修門把、剪矮樹籬、換燈泡、油漆陽台……，所以，每次回家都很忙，有時，清單長得假期結束都還做不完，沒關係，下次回家還會加上新的項目再一起出現。

獨居的老母，自從交出車匙不再開車後，最喜歡搭便車外出「瞎拚」，即使只需要買一支掃帚！

這回的母親節探望，他總算開了竅。

清完院子的雜葉又俯身除盡亂草，再修剪老樹枯枝，俯仰間，感覺好不勞累，忽地，心生一計，邀老母「瞎拚」去！果然，打扮得花枝招展的老母，興奮地坐前座一起出遊，駕駛座上的他，總算有了個輕鬆的「休憩」，媽媽的清單？慢點再說啦！

奎格・威爾森（Craig Wilson），《今日美國》（USA Today）報紙的專欄作家，這麼描述他最近一次的返鄉探母。

雖然分住不同州，機票貴了，即使長途開車，他也會回去探親，算是很有心的兒子呢！老母親也許認為：好極了，趁兒子回家，趕快請他幫忙，把累積做不了的大小瑣事一併解決……，都忘了，長期伏案營生的兒子，已不再如當年離家時的年輕了。

有時，侍候老邁的親長，使點圓融小計，能兩相歡喜，共享一段安好時光，豈不妙哉？

〈原載二〇〇九・六・十二《世界日報》〉

允諾

看過足科醫生，黑髮女孩告訴男孩，如果開刀矯正趾囊炎腫（Bunion），將會有一個月或更長時間必須拄杖，行動不便。男孩深情地說：「我會背妳走遍校園任何妳想去的地方！」

三年後，男孩肩背學步幼兒走遍校園。同行的，是他白皙的金髮妻子。

＊＊＊

「如果你走不動了，我來幫你推輪椅走出去！」母親對拄杖蹣蹣而行的父親，情深義重地允諾。

半年後，母親出浴室不慎摔跌，第十二片脊椎間盤碎裂為四片。開刀後，不良於行，外出全靠越傭阿祝推輪椅；情重如山的父親，則拄杖倚門迎進送出。

＊＊＊

允諾的情義，俱是發生過的、甜蜜的事實，怎奈世事的不按理出牌？

〈原載二〇〇五・三・二十三《世界日報》〉

簡單的早餐

一片吐司，一個蛋，一杯茶加一片瓜，簡簡單單的一頓早餐！

吐司，取自德式全麥黑麵包：蛋，水煮熟的特大號雞蛋；綠茶，習慣日本某種品牌；蜜瓜，當地土產；簡單中的特別。

還有哪！

黑全麥土司要烤得軟硬適中；水煮蛋的蛋白柔軟、蛋黃半軟半流而不滴汁；綠茶泡擱成稍燙嘴的熱度；蜜瓜最好剛從冰箱取出才夠脆生清甜！簡單裡的洞天。

然後，適時濾取出綠茶，以免久泡損了該有的晶透新綠；土司抹上低糖瑪木蕾（marmalade）和杏仁醬；「篤、篤」敲兩下，輕手剝出不黏的軟蛋，光潔又美滿，忍不住，咬下一口，嗯，軟嫩不滴汁，碟上還有加料土司和津甜脆瓜等著，碟旁靜候有綠茶一杯待喝……。

吃口茶，她說，我的清晨美味，就這麼簡單！

〈原載二〇〇七・十二・十一《中華日報》〉

飲食男女

蘆筍雞片、糖醋魚、蛋炒洋蔥豆腐，三道簡單家常菜，吃得盤底朝天，咂咂嘴，他不吝誇獎「今晚的菜是A＋」，繼而大放厥辭：

老婆心情好，時間夠，用心做的菜是一級棒！要是時間緊湊或情緒欠佳，籠總一大盤的「胡燴菜」，吃得我只能悶聲不吭；若是燒成一鍋「胡塗麵」，我只好苦笑不響啦！

十足一副住美中西部小城，口福由妻賞的識作！

餐後，切吃西瓜一盤。

已成習慣，她把瓜頭、邊側不甜的淡紅部分，放自己盤裡，一如巢未空前，凡食物，都撿不夠甜、不好看、略焦糊、有缺憾的自己嚐，藏拙、少怨，也省得讓子女找藉口不吃。

他先把碗盤送進洗碗機，稍後，興味地坐下吃瓜，才嚐，脫口便誇：「這瓜好甜！」

她白他一眼，「不甜的，都在我這兒，剩下歸你的，當然甜！」

他想了一會兒，繞過桌子，俯首便親，「哎唷！好感動喔！」

她邊拿紙巾揩拭，邊笑嚷：「親人一臉西瓜汁，好討厭！你真好意思啊！」

〈原載二〇〇四・十・九《中華日報》〉

一杯水與停車位

一件件簡單不過的小事，怎會變得這麼複雜？

走得有點渴，請他向商場附設的麥當勞要一杯水喝，他竟不肯代勞，猶振振有詞：水是要用錢去買，不是可以隨便白要的，妳又不是不知道，出來走路，身上沒帶錢！

好不容易，休閒活動一向各耽所好的兩人，能暫拋高爾夫球桿與骨董跳蚤市場，一道繞著「瞎拼魔」走路運動，才培養出的協和，就這麼三兩下硬生生給抹殺殆盡！青春年少被追求時，哪會是這等說詞？怕不早就掉頭走人了？懷著滿肚子的不悅，忍著乾涸的味覺，求全建議：皮包放在車後廂，我們開車去吃飯吧！

周末的飲食店，生意興旺，老遠望見餐館旁側一個停車位，忙指引給開車人。他卻說：不行，那是旁邊那家鑲裱店的顧客停車位，我們不能隨便佔用。

於是，盛夏大太陽下，車子遠遠地停在廣場中央，一個屬於眾商店顧客公用的停車位。

僵著臉，委屈、氣悶，齊湧向心頭又卡住喉頭：什麼樣的一板一眼、守正不阿的個性呀！四十年前，最欣賞的長處，而今，卻是最難消受！

恨恨地，一步一邁，漸有垂垂老態的她，對連續發生、最簡單不過的小事，感到口乾舌焦，再也說不出一句話。

〈原載二〇〇四・十一・二《世界日報》〉

一道風景

一首七〇年代的老歌，聽得悠悠然地心平氣和。車由住宅區平穩地轉入大道。沒半晌，一部轟隆重型機車，忽地穿插、超越，成了我車前的一道風景：

如猿大展的壯厚雙臂，布滿著藍黑巨幅刺青；這刺青，沿著後頸，往上，伸向左邊臉頰，往下，從黑皮衣背心的兩側身體漫出再和兩臂刺青銜接；轟隆的排氣管銀亮地隨機身稍往右傾，旋又向左斜，弧度精準，顯然騎技高妙，又十分享受；而一傾一斜間，突出頭盔頂豎立的一排紅髮，就更顯目了！

黑色機車騎士，有如歐洲中古世紀驍勇武士，人機合一的黑乎乎熊猿背影，迎風逍遙，昂昂自適。我與他刻意保持著一部車的距離，兩個紅綠燈後，機車武士左轉，從我視野中消失。

〈原載二〇〇九・八・十六《世界日報》〉

境由心生

兩人開往鄰城「瞎拼」一下午。家用、衣裝、中國食物，不但該買的都買齊，連不該買的，也買下了，兩雙眼睛教店裡塞滿的貨架百貨，睹得發紅，走累、逛夠，把個卡洛里燃燒過度，疲乏懶說話的口中泛著不悅氣味，「吃飯去吧！」不消說，車子由他主控便已開向兩人最對眼，從也不曾說過二話、菜餚任君挑選的「老鄉村百費」進食。

饗宴過後的心情大好，開在才新鋪的回程州際公路上，車況安穩又少雜聲，兩旁濃綠大樹，團簇擁天，昏紅的晚雲，間有雷電閃閃，由車座望向氤氳霞氣前方，耳際飄忽著車內音響流轉的老歌，「有多少的唇，曾親吻過妳？……有多少？有多少？我疑惑，但我真的不想知道……」熟稔的曲調，簡單的告白，訴說著矛盾的大度，呵！青青歲月，都已成過去式，而歌如老友般，依然低切地為我唱，為我歌那諸多已沈埋的嬌赧。

身旁的駕駛人，伸來一隻手，撫過左膝，捉住我手，緊握兩下，拋來一句「怎麼？讓妳想起談戀愛的時光啦？」

當煙華散盡，清澈的夜空平淡卻耐久，一如驚濤駭浪的夠刺激，卻苦於難久耗、久呆，唯獨有細水長流的穩實，適足以致遠，走長路。

互有彼此的心境安恬，連開在鄉間無奇的高速公路上，都覺得滿足，此等愉悅的平凡，該算是另種平凡的愉悅，畢竟，恬境係由安心生出的。

「雨來了！」不減寧和的語氣，他篤定地朝撲迎的豆雨，開啟了兩把雨刷。

〈原載二〇〇三・十・一《中華日報》〉

輯七

如斯心情

新舊之間

近年，數位相機逐漸有取代普通相機之勢，照片影印進電腦存檔為相本，遂蔚成新興潮流。然而，傳統的手翻相本，隨時隨地取看容易又少傷眼力，並且編排有序、標示清晰的相簿，可以數本同時比併攤看，洋溢找尋過往逸事的情趣，依舊有難擋的魅力。

私藏有厚多薄少、靠牆而立滿書架六十二本相簿，淵始於小女初生於內州林肯醫院，三十年的小家庭，由肇基、茁長、成熟而巢空，相本忠實持續收錄過程點滴與活動花絮，實無異於一套具體而微的圖片家庭史。

歲月，悠悠地洗褪了青澀，光陰，荏苒地換轉著歷練，流光，也將拮据成家買得的自動黏貼式相本，緩緩地催成紙頁泛黃、簿側破損。幾回想抽取內中相片，以「舊酒新瓶」式換新裝，讓「回憶」流進整潔美觀的收藏所，豈不賞心悅目？

春假，乍暖還寒，瑟縮室內，最是伏案工作好時光。

拜美式攝影科技之賜，歷經廿來年的彩色照，依然鮮活亮麗，可惜撕取時，雖極小心，仍不免因照片背面多與相本紙頁緊黏而損失了一、二層紙質，幸好均未傷及相面的完整性。

且取且放間，不禁仔細端詳影中人物，思潮便也順勢一一審視過往：相片裡的親朋、伴侶，甚至自己，現今看來，無不年輕耀眼，二十餘許無斑紋的臉龐，光潔潤亮，髮澤黝黑，雖然七〇年代留學生的服飾簡約，外子粗黑框眼鏡也僅合當時時宜，成家所租住的七十五年老舊公寓的物質條件又甚簡陋，新生嬰兒的育嬰環境也夠卑微，慶幸當年仍堅持買相本，為新生兒多拍照留影，即使買的也只是廉價相本，卻為今日留下萬金難買、已一去不返的筆路跡痕。

最照眼的，是那張身罩外子舊襯衫當產後裝、手抱著僅穿嬰兒汗衫與尿片的小女，雖寒傖也不減天生母性的光彩笑容，再看室內周遭多為「車房拍賣」買得的二手嬰兒用品、躺椅、小床，心頭掠過一陣黯然，逐漸明瞭長久以來，常不自覺為女兒買新衣物的心態，若非母性，多少也是潛隱歉疚感的代償吧。

剛脫離留學生時期，仍然儉省，力求速還買車的銀行貸款和出國向親友籌借的費用，生活湊合著以堅厚紙箱鋪報紙為桌、席坐地毯為椅進餐；近聖誕，以飛來如雪片的眾多賀卡，疊貼牆上，再加添剪自鋁箔紙的絲條，點綴成平面聖誕樹；學行的爬步女兒是兩人最有趣的娛樂大玩具；睡了快四個月的睡袋，因背痛且逼近結婚紀念日才決心挪款買床……往返新舊相本，撕、貼、放、看間，往事隨照片歷歷晃回眼前，細思量，竟難忘，只能說，那是一段不容易的辛苦階段，而且都已成過去。

舊照片的可貴，在於不言而明諸多已被當事人淡忘的源頭回憶。一對以「窮學生」開始，由「零」出發，起步清貧的世間平凡伴侶，汲營不輟過後，終於有點能力做喜愛做的閒好，涉獵昔日奢望的夢想，也旅遊當年憧憬的異地。而影中同期研讀的友朋小小人兒們，都已長大且多表現非凡，即連嬰兒期窮湊合養育的女兒，也將成準企管碩士。海外初成家所走過的雪泥鴻爪，絲絲縷縷，無不彌足珍貴，翻修完工後的新相本，意義非凡，誠為年輕時，勇氣十足影像的一分歷久彌新的紀念。

〈原載二〇〇三・六・十四《世界日報》〉

年輕、年長、親情

最近讀得一篇由加大學者蘇珊・喬爾斯作心理研究論文報導的訊息：

年輕人多記得不愉快、悲傷事件，而年長者，尤其是過了六十歲的人，則專注於有選擇的歡愉、正面的記憶，只因生命短暫，不想再為小錯小誤而大驚小怪，也不想再費時於已成過去的傷悲事，至於年輕人，可能正處於為事業定位和找尋伴侶的忙轉中，是以對波折受挫的印象特別深刻。

由此，聯想起不久前，收看CBS電視台的資深記者麥克・華理斯，訪談美前總統夫人南西・雷根的一則直坦發問：具叛逆性的女兒蓓蒂，曾經著書對親情有所指責，是否仍耿耿介意？

思潮陷於深沈的南西，並無不悅色，只說：那是一段困難時光，當然，（做為一個母親）我的心確實受了傷，但事情都會改變，當你逐漸老去，開始記得的，只是好時光而不會是壞的偏差事與時光。

自然老化，再尊貴的人也難免，當日已偏西移步，多把愉悅記憶存檔，時而緬懷是對生命多所留戀，有助於延緩西向的腳步，轉而再想，有心的年輕人，趁早選擇並養成記取正面的回憶的好習慣，是否也比較容易練為樂觀的快樂成人？

其實，從多方體驗，除去事業，伴侶的轉折，年輕人對某些事、物，偶現異常敏銳的不期然陰影，也有可能源自幼年印記。

世上幾乎難有完美的父母。父母對自己親子關係盡心力的定位，不少近乎「自以為是」，常與沐受父母親情的子女所感受的並不相同，而父母又因年輕，因忙碌，因缺乏時間、體力或金錢……，雖已少見體罰，仍不免曾有傷了子女心靈的言語或措施而不自覺，卻留給敏感的子女心底永遠的烙痕，一對極為成功，極其榮耀的父母，子女所獲親情的滿足，也等比例的真有甚於平凡父母的子女麼？

有瑕疵的親情，一旦家庭遭遇不幸事件，最能拋棄前嫌，重新緊密相互護持，美前總統雷根罹患老年愛茲默症，反促成母、子、女同心協力的「家庭結」，便是其例，平常人的親情齟齬，溝通後再言行一致的誠心彌補，多少也撫平些情感傷痕。

老舍以為，親情的交流培注，使「為人父母」無異是一本難念的活書，不是從文憑，書裡掏得出來，是沒有頭兒的。果然，「父母之道」，是無止境的摸索兼學習過程，因子女成長而成長，而逐漸走出「小輩聽長輩」的老習慣模式，常需要雙方互換角度，誠懇地平心靜氣以「伊媚兒」筆談或約個時間晤談，理想的是，子女肯大方借出一隻耐性的手，坦明差誤取得了解，並讓已成過去的不愉快事留在過去，不再重提計較，有心使親情延續，便是融洽的共識。

長成的成熟年輕人心態，早已大異於幼年時期的習慣於父母以「食物」疼惜子女作為愛的表達方式，如今，「心靈」的尊重交流多凌越「食物」之上，也賴以保持彼此間的親愛依舊，親情持續不墜。

成年子女離家獨立後，多半不易常相見，思念時，曾試過相互多想想過往歡愉的共處時光，窩心的好意，善體的行為……，自然心情含笑，語意帶暖，能專注於正面記憶，應有助益於提升年輕人的樂觀，年長者的愉悅，以及親情的維繫吧？

〈原載二〇〇三・九・十八《中華日報》〉

被子女品評

一位心直口快的英文報專欄作家，敘述自己最近開車，常遭十五歲上駕駛課的兒子諸多批評，弄得她十分不樂，終於咬牙切齒蹦出一句：「我知道怎麼開車！」的氣話。

遇上「停」的路標，沒有完全停住的好萊塢式「滾停」；高速公路上，不打信號燈就換線道的沒先向前後左右的駕駛者預先照會；與前車開得太近，應該保持「兩秒鐘」的距離……，總之，一個喜歡牢記規則，又愛把所學新知銷送他人的後生小子，學車期間，把積有二十五年優良駕駛紀錄的母親，當成箭靶地不吝指正，可惹惱得很！被貿然攻擊固然不悅，繼而再想，兒子能牢記交通規則，到底是好事！被他「不吝指正」，事實上，也有如重新溫習交通規則，藉此修正成為道路上更規矩的開車人了。

讀了這些怨氣，頗有「似曾耳熟」之感，被子女挑剔的滋味，說實話，「不堪」多過「惱火」，如果「自尊心」高於「平常心」的話，即使再「不悅」，也會因稍為思考過，有了警惕，受惠得印象特深。

心想：還有呢！子女進入戀愛階段，並且自覺碰對人、認了真，開始放眼向周遭親友「眾對」們瞭解觀察，又聲東擊西的對感情親近的父母，技巧探問或突兀直問心胸疑惑，更以熟慮的思考，回頭就近檢視父母婚姻的互動模式、條件搭配、社交應對……，一切難逃法眼！

婚姻被擺在放大鏡下細看、被有意無意又似有所悟的眼神一瞥、被不解「兩性相處，並無定律可循」而心生不平的伸張正義……，又是另種「惹惱」！

如此全無選擇餘地，成為子女尋伴成雙相處的借鏡，而且是明坦難隱的一面鏡子，確是不曾料及！但又何妨？不經他們探照燈似的洞察，還真看不清楚本身婚姻裡，收受得理所當然的不自覺、或照應不夠的缺失，或欠尊重的沒道理……，也算「當局者迷」吧！

等到子女眾裡尋尋覓覓，終於遇上對的良伴，欣賞新一代的柔情歡意，相互照顧的投契相隨，看在眼裡，喜在心裡，陶陶然，不自覺湧現年輕情懷，宛如重又走回當年追繞取悅時光，所有當明鏡的「不堪」或「惹惱」，忽地都有了代價。

如果不曾育有子女，許多個人記憶，因不必有機會去切身伴隨子女成長而重溫一遍，過往諸事自然逐漸淡忘，所謂的好記性，於我，全拜了不得不重溫而記得，不止一個子女又重溫不止一遍的成效，正和用功讀書一樣，多讀幾回，記憶便也鮮明不忘。

被子女觀察、品評、追詢、指正，或惱火，或不堪，或甜蜜，都有如時光倒流又再年輕一次的走回過往，這期間，由青澀無知，而蛻變成熟，而漸行漸長，竟已是幾十年的年華，由指間溜逝了呢！

〈原載二〇〇四・八・十《世界日報》〉

兒子的告白

與在外地工作的成年兒子，一起到名勝度個長周末假期。校外一年，他成熟不少，能有機會相處，聊聊工作也交換生活心得，殊為難得。有些思想論點，讓我深思，也學著努力消受，總不想搭不上調，以致彼此漸行漸遠吧？

「每次回家，會覺得自己又要做回以前和你們共同生活時的『孩子模式』，這和我一個人住時的感覺很不一樣！」

成年子女的心態，希望被尊重、對待如大人，回家亦然。也許他並不自知原因，但我能聽懂他需要獨立自主的意願，由此心生警惕：過了為子女付學費的階段，他們已能自立營生，識做的父母，會懂得疼惜與愛護尺寸的縮減，設下不跨越的界限，才好相處。

「爹地從不評判我所談論見解的好壞對錯，他比較開通，只說那方面的例子給我聽，也可以同意我的看法，讓我感覺他能了解我的想法，妳卻讓我常不想再說下去。」

出於不願他走冤枉路的嘗試錯誤，我會忍不住諄諄勸導又明提暗示，反讓他有被凌駕、被操持的不適。也許太多資訊，失了主題的淹沒感，以及難免流於主觀的結論，都形成負面效應，愛子心切，卻因表達不當，欠缺技巧，或時間不對，好意反被封殺。

乍聽他的告白，直讓我揪心又惻然，幾經反省又數度沉澱，兒子的坦言，都聽進耳也入了心，親子之道，自有苦澀之時，算是「活到老，學到老」的又一章吧。

兒女言行，有時竟是父母的翻版，只沒料到「坦誠相告」的模式，會有反饋還報的一日！足以想見，當年年幼的他們，對我忙碌趕時間的直言之教，大概也承受得並不好過！

兒子又善意表明，年長者，如果能改變談話方式，反問問題，不提供解答，但聽年輕人表達意見，大有助於改進交談的融洽。如果掉入「講古」般的長篇大論，難以停止的單向談話，說的又盡是自己的故事，實在感覺痛苦又失去耐性。

不禁想起一句積極性的「溝通」名言：「用淺白的字詞，遠大的主意，但以短妙的句子，強有力地貫穿人心腦際。」屬於年輕專業人士的世界，存有精鍊的章法規則，稟賦活躍，精力充沛，活動又多，的確難能騰挪空閒，去靜聽長者冗長談話，能「重點明白地長話短說」，的確省時省事，若有不便言明的情況，學學蜻蜓點水式地輕輕帶過，否則，也只好忍口不說了。

年幼時，兒子遵循我的規矩，及長，似乎角色代換，心想與成年兒子維持鬆而不緊、仍然相繫相通的感情，好好玩味他的新章規法，大有必要。

這回預約與子度假，覺察「蛹變」的欣慰，也嘗受被品評的苦澀，更瞭解有所轉變也仍需求認同的寬愛包容，藉由開放式的談話，體會心地坦實的兒子，依然有情有義，不惜現身說法，相告以溝通精點，我心底總是感激的。

〈原載二〇〇四・九・二《世界日報》〉

大鑽戒

探訪住台中的么妹，她帶著小兒子，開車請外子和我外出用餐。

趁么妹上洗手間的空檔，我逕問讀小四的俊瑋：「媽媽生日快到啦，往年你都怎麼表示？」他拿著筆，支著頸，在餐紙上隨意畫寫，口卻不含糊地回應：「送紅筆呀！她可以用來批作業和改考卷！」「其實，我好想有張信用卡，那我就可以刷卡買一顆大鑽戒送給她！」

好熟悉的願望！一定要讓么妹知道，她聽了小兒子的心意，肯定心花綻放，而且笑容燦爛！

在小外甥長大得足以明瞭「信用卡」的先貸後還，未來也可能買得起大鑽戒送么妹之前，我先替么妹喜孜孜享受這枚「心意鑽戒」，真不枉纖瘦的么妹，教書之餘，還要忙碌才藝接送、學業督導的「課子辛苦」！

多少年前，往「韋恩」競賽場看晚場的職業「溜冰舞」路上，外子掌盤，我坐旁側，後座上，那時分別上中、小學的女兒、兒子，吱喳相互聒噪，我望著漸暗的遠天星子與彎月，揚聲引他倆欣賞夜色美景。只聽兒子稚嫩的嗓音，由後頭傳來「我長大後，要住得靠近爹地、媽咪，還要買一顆像天邊星星那麼大的鑽石，送給媽咪。」難掩喜悅，我曾半開玩笑逗他「先謝啦！可不要說過就忘，嘿！我有兩位證人喔！」

窮留學生出身的我們，「鑽戒」、「鑽鍊」在養兒育女階段，僅屬於「珠寶店」託管級，也只

屬於可望不可買的奢華，兒子的體恤心念，自然萬分受用，那顆「天邊大鑽」，早在二十多年前，他已為我戴上，永遠在心底閃亮生輝。

成長的改變，極為自然也必然，有類於「物質不滅定律」似地，具有相對的「失去」與「獲得」，這該是成長的代價吧！

幾年的社會經驗，幫助青春的新鮮人褪除不少青澀，增加幾分「思而後言」的穩當，甚至偶爾還會沉得住氣的「欲語還休」，也不輕易妄許允諾……，當「行動」勝過「空談」，便也成就了腳踏實地的實際，年輕人一旦離巢，自該有展翅翱翔的天空！

那顆「天邊大鑽」，理當天價般昂貴，已戴上的「心意鑽戒」卻是天價難比，也無價可比。說過，就真的已發生過，戴上的是當時那份溫柔孺稚的心意，母親的心，含受子女的表白，總是很容易滿足的，至少，對我恆真。

〈原載二〇〇六・三・二十二《中華日報》〉

開屏的孔雀

屏息佇足，唯恐有所驚動，我靜靜觀看近在咫尺地上的牠。

斜睨著眼，毫不畏我，牠昂然高挺深藍貴冠，轉睛又略晃頭後，小轉身，徐徐伸展出一扇奔放的絢麗，一百八十度，再三百六十度轉回，將完美錦繡一覽無遺地流洩，以華彩迎向滿溢驚豔的我，牠，模特兒般，繼續緩緩轉身，收尾，奮力躍往高柱站立，拖著大把華美的長尾，有如一位尊貴的美女，回我以一副見過多少世面的睥睨，逼走多少位知難而退仰慕者的氣勢，而我，只顧以張大的雙眼讚賞，訥訥地，噤不敢出聲……。

從沒這麼無屏欄、近距離欣賞完整無瑕的孔雀開屏！枝枝羽毛，絲毫無損又光潔亮麗，靛藍、碧青、寶藍、絨綠、黑緞、帝黃……，迎陽眩目，美極！豔極！偶爾姿態巧轉輕旋，看牠全展，看牠收羽，無論前景、後觀，無一不美，足足看夠二十分鐘光景，牢牢進駐記憶，猶在這隻醒眼的美豔，那漫不在乎的遊冶睥睨裡，幾步一回頭，才意猶未盡地姍姍離去。

緣於旅遊，在卡格利、在深圳、在聖地牙哥、在芝加哥動物園，多次見過多回孔雀開屏，卻從也不曾遇上擁有如此完整羽翼的雀屏。

坐落在密西根卡城這所占地三千六百畝的寬敞鳥園，以專業水準野生放養各式禽鳥，小城並非觀光勝地，加上員工與遊客多所愛護兼合作，園裡禽鳥無畏無懼，安逸自在，保存有生態最原始無損的本色，這隻羽色豐潤、神態悠哉的孔雀，顯然最是蒙受澤潤的代表。

且看且行，那瀲灩羽色的孤芳餘影，還在眼前晃展，再看見道旁湖上的鴨、鵝、雁、鴛鴦，似乎瞬息間，全拙樸地失了顏色似的平淡無奇。

放眼觀望，禽鳥平凡，卻有成雙、成對、成群的相伴情趣、活躍合群的同伴緣，彼此相互爭啄、追隨，頻頻戲水弄波、自由自在得好不快活！這麼一群不稀有、不夠完美，卻也不易孤寂的湖上禽鳥，數聲嘎然的嘩曲，聲調並不高明，而附和相應的游伴者眾，也算是眾生百態的另類「浮世繪」吧！

「孔雀展屏的體積不小，旋轉、移動，都要有足夠的空間，不輕易開屏，也自有牠的道理。」同遊的身邊人，如是說。

那麼，背擁一身嬌妍的華麗，使自由受限，可是相對付出的代價？我想的卻是：雀屏高貴，芳姿出眾，讓任何鄰近禽鳥成了陪襯似地相形失色，顯得影孤難群，頗為落寞！羽毛美麗，然而容易受覬招險，足蹤所至，多被好奇跟探，當隻孔雀，豔光四射固足以傲群，其實也辛苦得好無奈！

〈原載二〇〇六・七・十四《中華日報》〉

春天裡的台北一日

春假返台。台北街頭隨意買來兩份報紙，等搭捷運時，覷空攤看社會版，繽紛的盡是何處探春、賞花宜早、人面春花相映照的圖文並載報導。

記憶裡，燦美的杜鵑，曾以如潮如海的姿態，照亮過已一去不返的大學年代，心裡一個衝動，脫口便對外子說：「咱們誰也別通知，空出明天上陽明山賞花去！」

入夜，猛想起陽明山慣有的賞花人潮，兩人意念一拍即合：橫豎都是看花，何不回台大校園看去？

春寒中，猶盛開的杜鵑花道，成叢成團的雪白、姹紫、粉紅、深紅、胭紅，以及委地花瓣讓有心學子排成圖案、排成文字的爛漫春意，欣欣然，看得滿心漾個歡然，素樸的騎自行車學生，讓身邊人說起當年靠家教賺得一部腳踏車卻被偷；迎面匆匆走來蒼白肅凝的背包學子，他又提起大二時的高會教授，難又嚴，連已通過會計師考試的某同學，都會考不及格，需得補考才過關！而他，昔之人生、今之人師，而兩人，昔之情侶、今之夫婦，重臨斯境，人、境依舊，縱然尚有當年的斯心斯情，其貌卻已非昔。

這雖不是我求學的校園，但有許多沉埋其中的回憶：圖書館的靜謐溫書、學生活動中心的舔小美冰淇淋、晚風裡椰林長道漫步、星夜的杜鵑花畔聊心……，而今，亮晃的大白天，校園兩側人行長道，都已排排停駐滿私家車，擋住了叢美的杜鵑，阻塞了流暢的花香，也堵窄了椰林長道。繞過道畔停車。依依在傳統傳鐘下拍張照片，走出校門，遠遠響來錚鐺鐘聲，身邊人舉腕看錶：「十點整，上課了！」韶光易逝啊！不再趕上課的我們兩個「五十餘許的老先生」和老太太——曾經在某篇文章上，讀過年輕留學生對一位在大學自助餐廳閱讀、有點年紀的社會男士的描述——卻渾然不自覺老，僅若有所思的望向對街的「老二照相館」，會心笑看對方「嘿！當年一起拍畢業合照的相館還在呢！並且附近多了麥當勞和史塔・巴克！」

搭捷運，往國父紀念館觀賞「賀蔣夫人一百零五歲畫展」與「百位女書法家書畫展」。

「捷運」果然便捷如風，其乾淨、其新穎、其明亮，無不以後來居上的架勢，凌越個人印象中所搭乘過的波士頓、紐約地鐵的老舊，香港的鄉土性，多倫多、蒙特婁、倫敦或巴黎的已有相當歷史，私以為，假以時日，如果各站通道牆面都能擅作中華藝術性、文化性或歷史性壁畫的多加利用，便也躋身風格獨具的世界級矣！

參觀中華書畫展，確是一場心情的洗禮、眼目的饗宴。台北人是幸福的，不歇的文化表演和藝術展示，豐裕了有心人的精神面，而人在福中，殊難體會久居北美中西部小城的異鄉國人，對傳統文化久違的想盼與痴情，觀展所稟持的慕忱，全然有如覲見「一等一」作品的敬重，雖然實際與觀感，間或也有些許出入。以相機刻意拍下多幅或寫意、或寫實的字畫，也拍得賀展的許多大盆蓬茂多色蝴蝶蘭，頓覺心滿意足，難得碰上，又怎能怪我不夠穩沈，竟秀出一付探有瑰寶的亢奮？

泡在敦化南路的「誠品」書城，消磨掉大半個下午，或瀏覽、或細看，意猶未盡也買下不少書冊，書買多了，搬磚似的，方知重負，只好捨捷運，招來計程車回旅店，省點氣力、時間，才好趕赴傍晚在台大法學院附近舊市長公館，舉行的一場由陳之藩先生多年來首度的公開演講。

既可目睹又能聆聽這位以《旅美小簡》、《在春風裡》、《劍河倒影》啟引過自己青年時期思想的先進學工的科學家兼作家，便也難抑揭謎似的好奇，引頸擠在廳裡坐滿、站滿，兩旁走廊立滿、擠滿重重疊疊的聽眾中，仰盼這位人稱「稟持科學家實是求是精神，為文求真，所言有本，全無廢字廢句」，惟其「求真」，所以「不滅」的文學作家！

主持人陳怡真女士的開場白，特意道出科學作家許多年前，口贈她的文學觀：「寫好文章，要有韻律感、節奏感！」陳先生講演時，也再述文學作品有「韻律」便活脫有生氣，比如舊詩富節奏音律，便容易琅琅上口，連三歲小孩都能背，新詩則不僅小孩，連大人都難記誦：也許因為「求真」本性，所以陳先生會懷疑總共才送過幾年春風的九歲白居易，就能做出「野火燒不盡，春風吹又生」的句子？只不知，當陳女士介紹「久未公開露臉、已七十八歲的陳之藩先生……」陳先生一旁卻馬上回應「沒那麼老！」是否，這也是一貫求真、求是精神所使然？

這位悠遊中外古今人文、科學裡的學者，以「愛因斯坦與散步」，接應當晚台北市文化局所主辦「人文思想散步」的系列講座。

談到「平行線永不相交」的定理，他認為有「觸覺」與「視覺」的差異，如果以肉眼凝視遠方盡處延伸入天邊般的平行軌道，視覺上便若有交集；科學，只有開來，沒有繼往，只能往前看、只有不斷創新，在求新意、求進步中持續改進現況，才能裨益人群。

有趣的是，聽眾傳上台的紙條問話，有一則是請問陳之藩先生，本行學工，然而文學修養極高，該看些什麼書，方能融合科學、文學而有此成就？陳先生竟直率回答：看你愛看的書，不必學我，否則，努力了半天，變成我，也並不怎樣！玩笑歸玩笑，西哲蘇格拉底的《對話錄》，仍是他的喜愛之一。

稍後，又坦直的評述網路文學嫌膚淺並不夠深刻；現今人人寫新詩，弄得台灣到處是詩人……，說急了，隨口而出「我從不罵人，我罵的都不是人」，哄堂笑聲中，不知怎地，忽然讓我想起「旅美小簡」裡，那位愛國憂時，憂社會百態，傷心得拂開功課，伏案哭起來的年輕時的陳之藩先生！

走在寒春的夜晚，拉緊嫌薄的夾克，兩人走向法學院外街道口上的「永和豆漿店」，喝它一碗甜漿加飯糰，感覺很七〇年代、很交友期的簡單而甜潤，時光誠不能倒流，春天卻年年會有，今年今夜台北的春天，特別的不一樣！

偷閒遊在台北的春天一日，非常學生味兒，浮生悠往，暫把今日錯當昨日，心情直如大學年代簡樸且清新的往日重現。時光，畢竟是可以在心底倒流的。

〈原載二〇〇二・五・八《中華日報》〉

找不回的記憶——訪新探舊

年前返台，特地轉回大學母校蹓躂溫夢，而既有雙溪行，便也走訪鄰區的林語堂紀念館與故宮博物院，前者是新知，後者則為舊識。

緣於讀完也已作古的林太乙女士撰寫的《林語堂傳——我心中的父親》，而後又在洛城的中國書店買得《林家次女》，引發出了對一代「幽默大師」的濃厚興味，更好奇於何等的居家環境，會讓一個學者，在長住國外卅多年後，回台定居得歡喜不已？遂與外子，特地雇車往紀念館所在的士林區陽明山訪探。

山上的大師故居，以高圍牆隔離臨街的喧囂，牆內庭園靜雅幽美，進屋的正廳旁側，有一方引人近觀的小魚池，池內彩色錦鯉悠游，池外環襯數竿修竹與盆栽，十分清麗。環屋的庭院，有數棵參天喬木，前庭姿雅梅樹，以曲徑通後院花木草坪，低緩的地勢，與正屋後門互通，其上的陽台，居高俯瞰後院綠園，遙對遠山煙嵐、晨昏嫣景以及山間海市樓景、飛鳥游雲，盡屬於學者雅士沉思、靜賞、寫作的愉心景觀，大師生前曾撰一文〈來台後廿四快事〉的第廿四件「宅中有園，園中有屋，屋中有院，院中有樹，樹上有天，天中有月，不亦快哉！」十足描繪出對住所滿足的快樂！

展延式的住屋內，不論是寫作的書桌、座椅或成排羅列的大小煙斗，乃至幾乎讓他傾家蕩產發明的中文打字機，甚至廳房家具擺設，風格都屬簡單樸實，讓我想起《林語堂傳》中，大師對「物

品美麗」的界定：

「每樣東西，只要是在它應在的地方，發揮它的功能，就是美麗的。」

那麼，對「人物美麗」的看法呢？

「這世界再沒有比一個壯健而智慧的老翁更為美麗。它有著紅的面頰，雪白的頭髮，以通曉世故的態度，用和藹的口氣，談著做人的道理。」

節錄自《生活藝術》書中的佳言，讓我舉頭仰看廳堂牆上一幀語堂先生晚年的寫實照片，果然，一位壯健而智慧、和藹而達理的紅顏白髮老翁，宛如鍍金的夕照、彩繪的黃昏，確實美麗！

兩人搭車再往「故宮」探舊。

殿前的「毛公鼎」，比印象中又褪沉了點，攀牆的爬山虎與風雨水漬，坦陳著歲月的跡痕，都卅多年了，大學時，同學們動輒相邀「故宮月光晚會」、「故宮踏青」、「故宮談心」……，那個藍天映照的肅穆宮殿，眾多綠林幽繞的典雅後山，甚至故宮前，層層走不盡的階梯，都已披戴上卅多年光陰，自有不同於記憶裡「年輕故宮」的姿韻，「故宮和我們，都老了點。」外子由衷地對我笑笑。

漫步臨溪長道回母校。

進口處，高聳的校碑以頂天立地的身姿，在方圓數里內，顯眼地昭示校名，這與臨溪盡頭的拱式校門，都屬記憶以外的增建，如今的山區校園，園外有門，門上有名，是有正名之必要，旅人過客才有得其門而入的自信神采！

眼觀平廣的運動場上，飛躍著新一代年輕的體魄，彷彿盡是當年矯健身影的重現！腳下沿山坡路，走近坡頂那曾經住過四年的第一女生宿舍，舍館前，高而長、彎且窄的昔日「好漢坡」式青石階，已被美觀平緩的寬階取代，真好！住校女孩兒們，大可不必再嗟嘆：四年走石階，小腿多練得結實如球、如蘿蔔地，與「美腿」絕了緣！

依山勢而上，迂迴擴建出不少陌生校舍，走著、看著，竟然繞進當學生時屬禁區的錢穆（賓四）大師素書樓庭園。如今請有專人管理，又有學生駐廳館研究，也辦有座談活動，住宅公館已是對外開放，但見庭木花草高低有致錯落，清雅之氣，自然漫盈院景。

進屋瀏覽一代大儒的半壁著作、成牆藏書，因採光充足更顯居家擺設的簡樸，大概這也是文人學者如賓四、如語堂先生，不假外求的「豪華盡在書中、在胸中」的共象吧！

晚年的賓四先生，以客廳當講堂授業，書齋與客廳聯成一大間，也只不過是臨窗的一張大書桌，上擺文房四寶。大窗外，有長上二樓高的黑松大樹遙對遠山，與另一側成林竹篁、綠意幽木，組成寫讀的靜雅專注環境。

起居間臥房，外有長廊甬道，護以長排的玻璃窗，或站或坐，均可遠眺靛藍綿延的七星山。遙望熟稔如老友的藍山，曾是住女一宿舍四年，專選與遠山相對的上鋪床位原因之一，只要不颳風下雨，每晚十一點熄燈後、閉眼前，看一眼七星山頂電纜高架上，閃爍的紅燈以及相鄰的那顆特大、最亮的星子，方才安心睡去，七星山的屹立如故，親切地與記憶連了線，是唯有的亙古不變呢！

離開素書樓館，往「安素堂」前的台階佇立半晌，思潮翻湧，昔日的「青青學子」，已轉成今日的「校園異客」，眼前來來往往的抱書男女，陌生而青春，那屬於我曾經熟悉了四年的年輕同學面孔，一張也看不見地，已長久隱沒在冷風中、溪水裡，漂走了、流失了。

日暮天晚，在不知何時建成的黑白格子母校紀念牆前留個影，年華似水啊！揚揚眉，瞬瞬眼，與外子一道走出我的昔日校園，也走出了一個不再相同、再也找不回的記憶。

〈原載二〇〇三・六・十一《中華日報》〉

也是還鄉

趁著北美度假旅遊季節開始的前一個星期，旅館尚未漲價，與外子返回加拿大小探舊時落足的成家城市，也順道再遊千島群島。

久遠的北國記憶裡，幾乎遺忘了兩大自然景象：晨間山鳥與不夜星空。

夜宿近千島群島的旅遊區。

大清早，猶朦朧於睡夢中，便讓山間晨鳥，殷勤賣力的引吭唱醒，鳴囀聲，昂揚清脆，接力應答似地，抑揚頓挫得十分有勁又絕不含糊，而天濛濛亮，才四點半！

大白天，千島群島的五月島湖風光，清新明澈又幽美純潔，絕對的嫻雅，絕對的淡定！身在乾爽、寬廣的空間，平和之氣漫溢，心情自然輕鬆愉快，不論湖邊或林間，不見蚊蠅，乾淨的環境裡，當地的餐館旅店經營人，無不熱忱有禮又和氣，友善無爭的氛圍，大異於都市的冷漠爭強。「鄉居無歲月」，果然，清澄的山水，忘情得足以洗滌心境汙染，忘卻人際不快，且將歲月留給曆法去算計吧！

夜晚十點一刻的藍夜晴空，天仍未黑，淡星彎月已高掛遠天，晚風清徐，街道不寂寞地綴點霓虹燈光，亦明亦暗，最是散步逍遙好天候！

且話且賞，幾條街走下來，差十分十一點，夜，總算從四面八方，漸次攏合，星光閃閃，月色皎皎，夜，靜靜的，像隻蜷睡的黑貓，加拿大的天，黑得好晚！

重回蒙特婁市，可以想見，新興取代沒落，擴建替換狹舊，廿多年前的「舊識」，已和保有的印象，大有出入。

擁抱著記憶，漫步走回心情的「回憶巷」，似夢還真，街市景道，浮泛著年輕歲月的身影和感情，但遠了或不見了，滿眼陌生的「舊識」，有如「新知」般地招展著風景，依稀熟悉，依稀親切，卻又不盡然……。

乘地鐵遊一九六八年博覽會會址的「拉朗」景區。手推車裡，兩歲的女兒，曾踢蹬著要下地推推車，使得聖羅倫斯河畔長道，老走不到盡頭的長！這會兒，兩人只花廿來分鐘已走完全程，原來，臨河長道並不很長，小小身影倒已長成為將締良緣的大女孩，而昔日落足的城市，已是再也難找回的記憶了。

如果問我「回蒙特婁市的驚奇之最？」答案都會讓自己吃驚！

一向聽、看慣了北美華裔在公眾場所的滿口英文，這回置身蒙特婁市中心的吃食總匯區，碰巧和一大群作完「參觀活動」的高中生同時進餐，鄰桌兩位長髮東方女孩相互對話，才張口，流利的法語成串傾出，一時，竟讓我有幾分錯愕的意外！以法語為主的魁忠克省，曾通過一〇一法案，凡移民子女必須進法文學校，道路指標全為法文，而公、教機構（除去以英文為主、法文並行的大學），一律以法語為第一語言，講英語的族裔，真成了少收民族哩！

語言的使用，靠教育的推行而成效昭彰，「同化」與「隨俗」的漸進式，常常渾然不覺，毋怪乎每趟返台探親，常莫名所以在言談、飲食、穿著間，被冠以「洋化」，雖然，打從心眼裡，一直自認「很中國」地守著固有傳統文化呢！

〈原載二〇〇四・十一・十《世界日報》〉

那年春天

高一春假，郊遊的餘興節目上，甫出師大校門的班導，清唱徐志摩的《初戀女》。只記得當時，風從樹梢輕輕拂落，雲從樹隙緩緩飄過，就讀女校，屬於「女兒圈」的青春稚情，便也乘著歌聲，依著歌詞，望向班導恍惚的眼神，「我難忘你哀怨的眼睛，我知道你那沉默的情意……」，迷迷濛濛，想像流傳的一段班導與青梅竹馬情人沒有結局的戀情，難捺易感的春心，瞎猜著：是什麼樣的一位在別個夢境忘記班導的男人啊？

大三初春，機緣的牽引，走進了長遠以來心底的一個夢境。有搭調的跫音，響遍仁愛路新鋪建的雅潔路面，也有燦朗的笑聲，在暖徐的晚風裡拋落，夜空的星子，顆顆都是亮閃的眼眸，欲拒還迎；彎俏的上弦弧月，有如含笑的雙唇，不飲已醺。世界好小，小得只顯在看得見的頰窩，只隱在看不透的情心，也或許，根不存在於四目交接相對時。

記憶裡的春天，也是個輕鬆有味的季節。大學畢業後的第一個春假，我與親愛的母親，兩人不騎車，但遠足，來回走九公里路，參觀初執教的國中，再繞路往郊外的露天市場採鮮，一袋紅蓮霧，一枝蒼蠅拍，便是全部所獲。三年後，初來美中西部的內大，春季逢上暖麗晴陽，校園青草地上到處可見做日光浴的美人魚與壯碩洋男，還只敢遠遠地、目不暇給地斜斜瞄著，羞赧得一付十足「土包子」相，成為當時課餘飯後，多少位熟友們打趣的話題。

隔年春，在林肯醫院。疲累地目送護士以推車護送新生小女回育嬰室，正轉動疼睏的肢體躺下，不經意望向窗外，幾隻灰鴿停駐窗台頻頻啄食旋又飛離，是急著想當信差，為我向遠方的父母報喜、捎平安麼？綿密的春雪，成團成絮，漫肆飄冉，繪滿我面床的窗格，約莫一刻鐘後，雪霽天晴，太陽又露了臉，好一個四季初始，萬物復甦的季節！沒想到，得以搭上時序裡春天的列車，在異國忝為人母，從此投入養育下一代的行列。

陀螺打轉的生活，由美國旋上了加拿大，再轉駐過三個城市，汲汲營營，只差沒有三頭六臂，老在進修、工作、子女間溜轉，偶而卡在車陣裡進退不得，若不心急遲到，也會意識茫然，大有不知今夕何夕、所為為何的栖惶。日子過得無歌也無夢，緬懷曾經涵詠細品過的水溶溶的春天、像牛毛、像花針的春雨、落英繽紛的春柳春花滿畫樓……，不勝惆悵低喟，屬於年少時的春夢，已如秋雲般地散去無蹤，人間柔曼的四月天，需有心、有情之外，有閒最是關鍵！

多少年後，加國遲到的春天，愛德華公園大石河畔，化了冰的春水，悠悠地、寒冽地映著春陽，父子女三人忙著互比打「水飄兒」，笑聲歡然，落了實的平穩生活，遂又有心情，去欣賞鵝黃嫩綠、花開滿樹的錦簇春景，去體會親情經過長冬後，迎向春天的舒活與輕麗！

當生活步調和緩，心態宛如新生，踏青時，公園裡所有噴粉紅的桃、吐雪白的李、嫣姿奼然的螃蟹蘋果花，乃至天光雲影、花香鳥囀無不怡情可人！作息毋需奔波趕場，更使寒冬的陰霾盡掃，能向揮戈持盾的職場解甲，於己是惠賜，於家是幸福，不禁深嘆：能擁有春天的閒情，真好！

機遇有巧，闔家重回美國落腳。小城的春天，年年明媚溫煦，而共享過多年春假旅遊的子女，終也先後展翼離巢，再與他攜手漫步春天郊野，依稀仍是當年結伴陽明山賞花的欣然心情，兩人閒閒細數從前，警覺生命竟已為我們承載過無數共有的春天回憶！挽著他，我輕輕哼起《白髮吟》來。

〈原載二〇〇二・五・十一《中華日報》〉

易位

擅演戲劇的人，也許是一種福分。不論台詞、服裝、造景、交通、預算……，好生有人代勞，渠只管好好發揮表演天分，暫忘自我，演什麼像什麼地演活劇中人物便好，這種暫時性的「易位」，從扮演中去揣度、歷練指定的角色，未嘗不是個人過平實日子的一種改變，一種換個身分過他人生涯，或享俸酬、或合法理地嘗得好奇滋味的滿足！

不擅演戲的人，難不成就無法享受「易位」的樂趣？孩童多半歡喜扮「家家酒」、玩「警官抓小偷」、「清官判案」等等，不論是拜堂的新郎、新娘，挺權威的父親、母親，搭檔的警官、小偷，或是青官、僕役，平日的觀察，盡在模仿演現中讓想像力活化，十足換個角色當的玩趣！

有道是「十年河東，十年河西」，物換星移，不但河渠可以變遷改了道，多少的人生角色也隨流年暗轉而更替：學生成了師長、讀者躍升作者、屬下晉級長官、顧客轉成老闆、觀眾變作明星……，並且，順利的話，昔日人前子女，升格易位為他人父母矣！

因歲月與努力而易位的人生角色，有如水到渠成的自然，具持續性，或多具長久性，漸久而規律也漸生漸成，有時，面對一成不變的生活，能重享類似幼時「易位」的玩趣，竟是另種充電！

曾在「早安・美國」的電視節目上，觀賞名搭檔主持人黛安・梭爾與查理・吉普遜，兩人好心為一對三胞胎父母當一晚的保母，讓這對年輕夫婦外出有個浪漫燭光晚餐的夜晚。螢幕上，便裝打扮的平日熠熠雙星，逐大抱小地輪番餵食換浴，哄了老二，哭了老么，逗得了大的又溜走了小的，手腳生疏又髮凌衣亂，忙轉得全不見所熟悉的從容不迫又侃侃風趣形象，似乎飽嘗「三胞胎父母難當」的滋味！即使稍晏，兩人各懷抱一、二小兒唸睡前故事書時，「代職保母」工作已近似勝任愉快，但門鈴輕響，懷中三幼子紛紛躍起跑迎向雙親，黛安與查理大氣一吁，互攙站起，兩人無限解脫地笑開：到底，還是當節目主持人輕鬆自如！

偶而「易位」，新鮮有趣，更由不熟生亂裡測試出潛藏的能力，或倍覺平日「本位」的可喜可愛，又或者探出日後改弦易轍的另條可行門路！時時「易位」？若不是習以為常的謀生演員，那分難預料又不踏實的陰晴不定，除非以權貴和鉅金相酬，兼加性好接受挑戰或暫無「定位」，一般人能消受得起又喜歡的，可多？

〈原載二〇〇三・三・十六《中華日報》〉

簡單的真味

「從現在開始，只吃簡單的食物。比如吃雞，就只吃原味雞，而不是肯德基炸雞或加料雞。」過敏科醫生，帶笑地鄭重對我宣布。

為了追查近月餘常現的「紅疹塊」（Hive）起因，諸多可能中，食物控制成為當務之急，沒想到，一向奉為健康食品的全麥、魚、雞蛋、牛奶、堅果、海鮮、花生、黃豆，竟然全屬可能「過敏原」一族，由「吃過什麼食物」到「什麼食物停吃」歷程的觀望，這才發現，現代「少量多樣化」的營養觀念，烹調一旦要回歸最初的原始風味，種類每次只限單一食物，並且「皮膚測試」以前七天之內，遏止紅疹發作，刺癢難耐的抗敏藥（Antihistamine）必須停止服用，於是，「忌口」馬上成了必要。

飲食從多樣減成少樣，美味調料轉為川燙加點油、鹽，換珍饈以平凡，掉繁複以粗簡，飲食偶爾服膺《菜根譚》哲學，下廚容易，腸胃清爽，減重的效果，平白昭彰，仔細尋思，「簡單」，確實獨具一格又足堪玩味。

且看一篇簡潔雋永的短文，閱讀不費時間，也不需太多眼力，卻教人印象深刻；精簡言辭或講演，效果誠如「迷你裙」的可愛迷人；留白的畫布，簡單有力呈現意識，想像空間則賦予無限……，嫁娶時，對方家庭人口簡單，可以是日後人際相處的加分；生育少的小家庭，成員滿足容易，財經較寬；巢空後，不少退休人員往「公寓」搬，只因居住不需剷雪、剪草，房間鎖上，便可旅行去也，生活但圖簡單方便，也好打理。其實，恓惶營造大半生，每日倦返歸巢後，至多也只睡一張床，只吃得了有限的食物，如此簡單的基本生存定理，不就和生命旅程裡，凡人都是「簡單的生來，又簡單的回去」相互吻合？

二〇〇五年的上半年，伴隨外子的「年休」（Sabbatical）期間，兩人四隻皮箱，租住香港五個月，再往台灣住校一個月，季節由冬天住成夏季，所需用品、衣物盡皆簡化，不敷使用時，靈動變通，一樣可行，剛開始時，的確嘗盡「由奢入儉難」的新鮮與不習慣，久而久之，卻也切身領會「生活，可以是如此的簡單，而不減其美好」，暫且脫離多為物役的美式生活，時光有如倒流回年輕時的簡樸輕鬆，閒暇多作旅遊、探訪、會友，也重溫交友期的餘興，雖然有點年紀，但並不減其趣，平添「不一樣」的心情，除去記掛在美的一對成年子女以外，堪稱一段難得的中年好時光！返美後，清理出七、八大袋堆棧物品，悉數捐贈慈善機構，空間騰出，空氣流暢，眼目也清新，「少」顯然比「多」舒敞！

也許物質上擁有過，才能體會不必擁有那麼多，保持簡單清爽的可取可愛；但若從不曾打拚、努力過，就享擁許多，便也體會不了回歸簡單質樸的可喜可嘉！

生活能有變化，產生比較，又多所體驗，應屬不易的經歷與幸運吧。比如密西根今冬破紀錄遇上一連十五天陰濛不見日、難辨早晚的天氣，那天突現數小時久違的陽光與半藍天，由不得發自內心歡呼：啊！好可愛的陽光！換成夏季，天天天藍的陽光普照，委實很難深切體會此刻陽光的稀奇與藍天的可愛，而追根究柢，眾所喜愛的難離難捨的藍天陽光，不就是宇宙原本最簡單的大自然型態？

簡單，是一種平凡，唯其平凡，乃見真章，而豐簡固然由人，簡單的真味，果真簡單？

〈原載二〇〇六・四・十一《世界日報》〉

烏鴉爪與魚尾紋

「中國人真有趣！美國人叫眼尾皺紋『烏鴉爪』（crow's feet），中國人卻說是『魚尾紋』（fish tail lines）！」耳邊猶晃盪著女兒在青春年少時的「中西比較」發現，眼前鏡中的自己，眼頰才展笑顏，竟紮紮實實就照見了那兩條「有趣」的魚尾！

時間飛快啊！滴轉溜溜的雙眼，也不知是否幾十年間，有意無意中把世事看多、看累，雖然不見得看得透，但確實有些倦也有些怠，時而睡眠不足，加上地心引力，雙眼漸瞇漸狹，眼型確實和魚型相近，再隨表情的變化，忽焉生出款擺的魚尾，有如活脫靈現的兩尾魚，「魚尾紋」的形容，還真是「有趣」的中國智慧！

美國文化比較近功利、重實際，年華老大，女子即使保養上乘，也難掩眼尾紋路的若隱若現，心虛的洩底年歲，面對職場上體力旺盛、肌理平滑的同事新銳，雖說自己也曾年輕過，能力和經驗並不多讓，若能保持年輕也彷彿保有競爭力似的，除去不景氣的遭解雇，「傳承」「交棒」的退休代謝，畢竟都是無可避免的遲早事。做一天和尚撞一天鐘，要與年輕文化看齊，有空勤上健身房、光顧有機食品店、也買潮流時裝，由內而外，保持光鮮，而一般愛美、愛年輕的天性，並不分男女，女人尤然，瓶瓶罐罐的保養品，是多少腦力、體力所換得金錢的落腳處，嫌眼霜不足，開刀或小針美容也不足為奇，遮遮掩掩，到頭來，短暫成果難以持久的無奈，可以想見：跺跺腳，嘆口氣，恨恨的對宛如生根的紋路，咒聲「烏鴉爪」也不為過！

中國文化多行中庸之道，熟女熟男的外表，雖然也可能是經過各式保養與美容的努力，但到底還不都一樣難敵自然演化？該來的就會來，在健身、營養、裝扮多少顧惜過後，多半順其自然的坦然接受，慣有的「魚尾紋」稱謂，帶著與食材有關的親切，表露了中國人不慍不火的典雅。

熟友T君，多年前在瑞市重逢，他朗朗自我調侃：「老了，看我眼角都是魚尾紋！」面對擁有三十多年出色教學與研究生涯的他，我笑著打趣：第一紋是歲月的智慧，第二紋是人生的經驗，第三紋是人海的歷練……。老友哈哈大笑得有如年輕時光再現！

早期留學生打工苦讀的滄桑，能斐然有成，臉上、眼角的每條紋路自當是光榮的代言，較諸當年青春年少時的輕狂，如今風塵滿面的愷和，更受尊重。T君老得有成就，心境穩實，笑容常現，上揚的臉肌，悠然帶動鏡框後的兩尾魚兒，隨表情變化也順勢帶出魚尾的靈動，顯得一臉的生機盎然，能把一對靈魂之窗，演變成年年有兩尾魚長駐，於T君，也算是足足有餘（魚）的年華成果了。

〈原載二〇〇八・四・十五《中華日報》〉

也算有餘

偶於一位忘年畫家朋友畫室中，見其一疊抒情的小品近作，大約以「海鮮」為主題，魚、蝦、蟹之類加上細竿、釣餌陪襯的水墨畫，不論其「海鮮」數量的或獨或群，其類別的或混或純，畫筆下的海鮮們無不恣情躍然於簿冊大小的宣紙上，揮筆自如的寫意畫作構思，隱隱透著幾分淡淡的哲理，側題辭句，再添「點睛」的醒世，讓人莞爾不已。

有一幅畫，是如此的構筆：正上方是大半尾側身迎人的大鯉魚，右下方則為作襯的蝦或是小魚群已不復記得，唯題辭讓我回味再三：「這年頭，就是半條，也算有魚（餘）了。」

中年人的代價，與或多或少的人生歷練不無關連。

當我們從「見山不是山，見水不是水」，漸漸有歸返「見山又是山，見水又是水」的省悟時，抱殘守缺的隨和，是與現實妥協的改變，是不再堅持的平和共存，這未嘗不是一種完美的「不完美」，而「不完美」又何嘗不是一種完美？羅丹不朽的雕塑——獨臂的維納斯女神，早已不言而明於藝術史。

不再年輕的年紀，除去多有參與小輩們陸續到來的喜慶，心境還多得承受老一輩往生的黯然、周遭同輩親朋舊友們所發生種種與職業、婚姻、健康有關的難料事，錯愕的漣漪，有時盪漾數日難息，此類波及，又與過往搬遷次數、熟與不熟、相識的多少成正比。

只能說，不論是輝記兼烙痕，或是光環加傷殘，有陰晴起伏便是自然常態，而當一切俱成過去，只要一顆心依然溫熱怦跳，仍是一個足以往前看、往前行，一個完美的「不完美」卻有餘的人生。

〈原載二〇〇三・八・三《世界日報》〉

送一程

深秋，參加了一位好友的葬禮。

朋友溫暖的笑容猶浮現在眼前，嫻靜不多言、不生是非的親切，在友伴裡，是屬於那種溫煦的星子，熠亮而不喧聲奪目，處在一起，總讓人感覺心安又祥和。這麼一位良善女子，征戰癌症多年後，終也不必再受化療折騰，不須再忍劇痛，永遠地寧息了。

如果人的一生，誠如主導的牧師所言：來之前，是一片黑暗，走之後，也是一片黑暗，人，只是活在兩片黑暗中間的那一段光亮歲月，是那一段西元某年至某年的時光，是活在兩個年度間，那一小橫、一小截的「破折號」而已。那麼，朋友一甲子的光環，留給她的丈夫、兩個女兒、姊妹、親戚、友伴、同事們，是掬不盡的美憶。

代表家屬致辭的是朋友的大女兒，她是一位小兒科醫師。沉穩追述往昔「闔家歡」的諸多樂與趣，笑聲神態宛現……中間，難免數度哽咽，卻仍能深具風度地竟辭。

與子女做過的共同活動，那些共有的回憶與共處的時光，都是金錢難買也難換的珍寶。尤其在成長期，適時給與的關愛；遭逢困難時，一旁打氣鼓舞；常對子女表露信心與護持……，想必是那種性格裡的情操，那種很肯放下手邊事、肯花時間、願意耐心靜聽的母親，永遠熨貼著子女的記憶。

近午，秋陽和煦光燦。規劃清雅、維護整潔、又寬敞有致的墓園，一棵樹下，可俯看叢青花紅園景的綠地，便是朋友的歸隱處。

喪禮儀式過後，眾人魚貫向落穴的棺木撒土祭別。掬起墓旁一捧黃土，挑出地上花籃裡的一枝玫瑰，我虔心誠意撒下了對地底朋友的祝禱，請您安息吧。

〈原載二〇〇六・六・十四《世界日報》〉

人生

少年，像張單色素描。
白紙、炭黑，輕快揮灑勾畫，
都是清楚有力、線條明朗的青春美。
中年，像張攝影沙龍。
沙場的打拼、闖盪、奮發，
那管是烙痕或輝印，
難掩地，一張張
都是無所遁形，無暇多飾的傳真照片。
老年，可要像張水彩畫。
添點顏色，修修抹抹，
把多餘的紋痕、斑褐、灰白，
以巧色妝扮，用靈思掩拙，
豁達的年長，只許更有姿韻、更能寬藹，
因為，棒已交，責已卸，

風逐萍散的浮雲名利，誰記了？
皎皎智慧，教曉了特屬於自己的典型，
盈盈經驗，昭明了最適合自己的美妍，
怎好不繪張彩霞滿天掛堂？

〈原載二〇〇二・九・二十八《世界日報》〉

國家圖書館出版品預行編目

以誠交心 / 任安蓀著. -- 一版. -- 臺北市：
秀威資訊科技, 2010.02
面； 公分. -- (語言文學類；PG0338)
BOD版
ISBN 978-986-221-399-5(平裝)

855 99001066

語言文學類 PG0338

以誠交心

作　　者 / 任安蓀
發 行 人 / 宋政坤
執行編輯 / 林世玲
圖文排版 / 郭雅雯
封面設計 / 蕭玉蘋
數位轉譯 / 徐真玉　沈裕閔
圖書銷售 / 林怡君
法律顧問 / 毛國樑　律師
出版印製 / 秀威資訊科技股份有限公司
台北市內湖區瑞光路583巷25號1樓
電話：02-2657-9211　傳真：02-2657-9106
E-mail：service@showwe.com.tw
經 銷 商 / 紅螞蟻圖書有限公司
台北市內湖區舊宗路二段121巷28、32號4樓
電話：02-2795-3656　傳真：02-2795-4100
http://www.e-redant.com

2010 年 2 月　BOD 一版
定價：270 元

讀　者　回　函　卡

感謝您購買本書，為提升服務品質，煩請填寫以下問卷，收到您的寶貴意見後，我們會仔細收藏記錄並回贈紀念品，謝謝！

1.您購買的書名：＿＿＿＿＿＿＿＿＿＿＿＿＿＿＿

2.您從何得知本書的消息？

☐網路書店　☐部落格　☐資料庫搜尋　☐書訊　☐電子報　☐書店

☐平面媒體　☐ 朋友推薦　☐網站推薦　☐其他＿＿＿＿＿

3.您對本書的評價：(請填代號　1.非常滿意 2.滿意 3.尚可 4.再改進)

封面設計＿＿　版面編排＿＿　內容＿＿　文/譯筆＿＿　價格＿＿

4.讀完書後您覺得：

☐很有收獲　☐有收獲　☐收獲不多　☐沒收獲

5.您會推薦本書給朋友嗎？

☐會　☐不會，為什麼？＿＿＿＿＿＿＿＿＿＿＿＿＿＿＿＿＿＿＿

6.其他寶貴的意見：＿＿＿＿＿＿＿＿＿＿＿＿＿＿＿＿＿＿＿＿＿

＿＿＿＿＿＿＿＿＿＿＿＿＿＿＿＿＿＿＿＿＿＿＿＿＿＿＿＿＿

＿＿＿＿＿＿＿＿＿＿＿＿＿＿＿＿＿＿＿＿＿＿＿＿＿＿＿＿＿

＿＿＿＿＿＿＿＿＿＿＿＿＿＿＿＿＿＿＿＿＿＿＿＿＿＿＿＿＿

讀者基本資料

姓名：＿＿＿＿＿＿＿＿＿＿　年齡：＿＿＿　性別：☐女　☐男

聯絡電話：＿＿＿＿＿＿＿＿　E-mail：＿＿＿＿＿＿＿＿＿＿

地址：＿＿＿＿＿＿＿＿＿＿＿＿＿＿＿＿＿＿＿＿＿＿＿＿＿

學歷：☐高中(含)以下　☐高中　☐專科學校　☐大學

☐研究所(含)以上　☐其他＿＿＿＿＿＿＿

職業：☐製造業　☐金融業　☐資訊業　☐軍警　☐傳播業　☐自由業

☐服務業　☐公務員　☐教職　☐學生　☐其他＿＿＿＿＿

請 貼
郵 票

To：114

台北市內湖區瑞光路 583 巷 25 號 1 樓

秀威資訊科技股份有限公司　　　收

寄件人姓名：

寄件人地址：□□□

(請沿線對摺寄回,謝謝!)